오 마이 갓김치!
K콘텐츠 번역가의 생존 가이드

오 마이 갓김치!
K콘텐츠 번역가의 생존 가이드

글·그림

재스민 리

'핫한 K콘텐츠'만큼 아직은 스스로를 '핫한 번역가'로
소개하는 경지에 오르진 못했지만,
최근 몇 년 사이 일어난 한류 콘텐츠 붐에 힘입어
나는 어제도, 오늘도, 느리지만 꾸준히
한국 콘텐츠를 영어로 옮긴다.

딱히 누가 알아봐 주지 않는다 해도
하루하루 도를 닦듯 한 글자 한 글자에 정성을 쏟는다.

Prologue

"Oh my God-김치!"

요즘 내가 가장 많이 하는 말이 "오 마이 갓김치!"[1]란다. 음, 딱히 김치를 좋아하는 건 아니고…… 원래는 "오 마이 갓!"을 연발하던 것에서 언제부턴가 조금 더 진화된, 뒤에 '김치'가 추가된 유행어가 입에 붙어버렸다. 모든 당황스러운 상황, 심지어 기쁜 상황에서조차 이 표현을 습관처럼 쓰곤 한다.

서른을 훌쩍 넘어 김치 담그는 법을 알기는커녕, 여전히 부모님과 한 지붕 밑에서 살고 있는 나는야 프리랜서 영어 번역가. 대개 오전에는 밖으로 나가 카페에서 일하는 '카일족'인데, 달랑 커피 한 잔 시켜 놓고 한자리에서

---

1 유튜브 애니메이션 「총몇명 시리즈」에서 영어를 섞어 사용하는 재치 있는 캐릭터 '나천재'가 자주 하는 대사.

종일 일하기에는 너무 눈치가 보이기도, 좀이 쑤시기도 해서 오후에는 집으로 쪼르륵 돌아와 일한다. 그러다 보니 집에 계신 부모님은 내가 일하는 모습을 직접 목격하시곤 하는데. 그중 엄마에 따르면, 요즘 내가 가장 많이 사용하는 말이 바로 저 갓김치 표현이라고…….

하고 많은 표현을 놔두고 하필 일하면서 무의식적으로 내뱉은 말이 '오 마이 갓김치'라니. 대체 "오 마이 갓김치!"할 일이 왜 그렇게 많은 건지, 그 이유를 곰곰이 생각해 봤다.

우선, 프리랜서라는 특성상 사수가 없어 편하기도 하지만, 반대로 물어볼 사람이 없기에 혼자 죽이 되든 밥이 되든 어떻게든 알아서 잘 해내야 하는 어려움이 있다.

게다가 번역은 원체 외롭게 홀로 고민하는 쓸쓸한 작업인데, 한국 문화 콘텐츠 번역, 이른바 'K콘텐츠 번역'은 비교적 신생 분야라 누구에게 조언을 구하거나 도움을 청하기도 쉽지 않다. 서점에 가도 관련 번역 팁이 담긴 책을 찾아보기 어렵다.

한국어를 영어로 옮기는 프리랜서 한영 번역가로 일한 지 N년차. 세월이 야속해~ 언제 연차가 이렇게 됐나 싶어 그동안의 작업물을 쭉 돌아봤더니, 한국 영화, (아직 해외에서는 미출간이지만) 소설, 그래픽 노블, 웹툰, K팝 등 장르를 불문하고 어느새 제법 많은 K콘텐츠를 번역했다.

아직 이름만 대면 누구나 아는 스타 번역가도, SNS에서 셀럽으로 통하는 유명 프리랜서도 아니지만, 나름의 치열하면서도 유유자적한 일상과 노트북 컴퓨터 한 대로 자급자족하는 프리랜서 라이프에 꽤 만족한다. 에이전시를 통하지 않고 '직거래'하는 다양한 클라이언트들을 두고 있고, 그들의 굳건한 신뢰와 소개 덕분에 일감이 끊이지 않아 하루하루 '프리' 경력을 갱신하고 있다. 나만의 소소하지만 확실한 번역 및 프리랜싱 노하우도 생겼다.

일하면서 반복되는 '삽질'을 줄이기 위해 과거의 시행착오를 되짚어 나만의 업무 가이드라인, 나만 보는 '꿀팁'을 수첩 어딘가에 정리해 놓으려다, 아무래도 혼자만 보기 아까울 것 같아 책에 담아보았다.

어서 와, K콘텐츠 번역은 처음이지?

Prologue

Part I. 프리랜서 번역가의 기쁨과 슬픔

Part II. 어서 와, K콘텐츠 번역은 처음이지?

Part III. 치열하고도 유유자적한 프리랜서 일상

Epilogue

Part I.

프리랜서 번역가의 기쁨과 슬픔

생각이 많고 예민하다고?

섬세함의 끝판왕, 문화 콘텐츠 번역

문화 콘텐츠 번역은 어떤 사람이 하면 좋을까? 글의 숨은 뜻, 즉 '행간'을 읽어낼 수 있는read between the lines 사람, 눈치가 빠르고 센스있는 사람. 유머와 위트까지 겸비한다면 금상첨화겠다. 이렇게 말하니 꽤 근사한 사람만이 할 수 있는 일인 것 같다. 하나만 덧붙여보면, 돌다리도 몇 번이고 두드리고 또 두드리고 나서야 겨우 지나갈 수 있는 사람.

한마디로 생각이 많고 소심한, 예민한 사람.

어릴 적, 나는 부끄러움이 많아 얼굴이 곧잘 빨개지고 매사에 조심스럽고 소심한 아이였다. 자라면서 그나마 사회화를 통해 상당 부분 개선되고 많이 씩씩해졌지만, 여전히 예민한 기질을 지상 최대의 콤플렉스라고 여겨 수많은 날을 스스로를 자책하며 보냈다.

말썽이나 사고 한번 치지 않고 온순하게 자라온 나지만(정말?), "뭘 그렇게 생각하고 곱씹냐"는 부모님의 핀잔을 참 많이도 들었다.

나와는 성격이 정반대인, '쏘 쿨'한 'T' 성향 친언니의 말 한마디에도 쉽게 상처받곤 했는데. 언니에게 뭘 물었다가 돌아오는 "그러셔~"라는 답변에, 말투가 왜 그렇게 불퉁하냐며 말꼬리를 물고 늘어지기도 했다.

직장 생활을 할 때는 남들은 별로 신경 쓰지 않는 부분까지 알뜰살뜰히 챙겨, 일 잘한다는 평가도 곧잘 받았다. 하지만 정작 쓸데없이 많은 에너지를 낭비해 집에 오면 체력이 바닥나곤 했다. 대체 다른 사람들은 어떻게 지치지 않고 하루하루를 살아갈 수 있는 건지, 내 눈에는 그저 미스터리였다.

번역한 책이 출간되었을 때는 기쁨도 잠시, 오탈자를 발견하고 울상이 됐다가 "너 그 성격 좀 고쳐라"는 아빠 말에 '그간 얼마나 정성 들여 번역했는데! 고생한 건 하나도 모르면서……' 억울하기 그지없었다. 그래, 이게 다 최종본을 요청 안 한 내 탓이지 뭐, 애써 잊어보려 하지만 아무래도 뒤끝이 남는다……. (보통 번역가는 '역자

교[1] 까지 받아보는 것이 일반적이며, 편집까지 완료된 최종본을 직접 확인하는 경우는 드물다.)

카페 화장실 문 앞에 떡 하니 붙어 있는 영어 안내문의 문법 오류가 심히 거슬린다. 책을 읽는데 자꾸만 오타나 오역, 잘못된 띄어쓰기 등이 눈에 밟혀 피곤하다. 유튜브로 뮤직비디오를 보는데 영어 가사 중 'caress your crown'의 'crown'이 머리 정수리가 아닌 왕관으로 번역된 자막이 아무래도 영 찝찝하다. 남들은 그냥 보고 지나칠 일에 자꾸만 의미를 부여한다.

내 평생의 단점이었던 예민함―아니, 섬세함!―을 제대로 써먹을 수 있는 분야가 바로 문화 콘텐츠 번역이었다. 프리랜서 문화 콘텐츠 번역가가 되고 나서는 오히려 그런 나의 기질에 크나큰 자부심을 느끼게 되었다. 남들은 모르고 지나칠 부분들을 족집게처럼 콕콕 집어내는 나만의 특별한 능력을 발견하게 된 것이다.

덕분에 '아' 다르고 '어' 다른 게 하늘과 땅 차이인 이 업계에서 뉘앙스와 느낌을 섬세하게 잘 살려냈다는 평가를 듣곤 한다.

혹시 사는 게 예민해서 피곤한가?
오히려 좋아!

---

1   역자가 보는 교정지.

듣기만 해도 진절머리가 난다고?

인생 참 피곤하게 산다고?

그래도 뭐 어쩌겠나, 이렇게 생겨 먹은걸. 기왕이면
그 예민함, 십분 발휘하며 살아야지!

영어, 얼마나 잘 써야 할까?

한영 번역가의 마음가짐

한국에 살면서 한국어를 영어로 번역하는, 검은 눈과 머리의 한영 번역가. 종합 상사에서 일하던 아버지의 해외 발령 기간 중 미국에서 태어났고, 이후 한국과 미국을 오가며 초등학교 및 중학교 시절의 일부를 미국에서 보내긴 했지만, 한국인 부모 밑에서 자라고 삶의 대부분을 한국에서 보낸 나의 모국어는 한국어다.

번역을 잘하기 위해서는 도착어$^{target\ language1}$가 모국어여야 한다고들 말한다. 번역된 글을 읽는 독자가 그 언어를 모국어로 사용하기 때문이다.

그래서 글의 아름다움과 일명 '글발'이 중요한 문학 번역의 경우, 외국인 한영 번역가들이 많은 편이다. 내

---

1 번역되는 언어. 한국어로 된 원문을 영어로 번역한다면 도착어는 영어다.

가 2019년,《코리아타임스》한국 현대 문학 번역상 우수상 수상을 위해 시상식에 참석했을 때도 수상자 대부분이 파란 눈의 외국인이었다. 소설 부문에서는 나를 제외한 두 명의 수상자가 모두 외국인(캐나다인과 미국인)이었다.

물론, 영어와는 언어 체계가 전혀 다른 한국어를 습득해 배우고 한국어 원문을 해석하고 고민하는 외국인 번역가들의 노력에 대해서는 정말 높이 평가하며, 참 대단하다고 생각한다.

언젠가 호주인 한영 번역가에게 "영어 걱정 없어서 좋겠다"며 부러워한 적이 있다. 그런데 그는 정작 한국어를 해석하는 데 너무 오랜 시간이 걸려서 힘들다고 했다. 아, 그렇구나. 한국인 번역가에게 외국인처럼 수려한 영어로 글을 쓰지 못한다는 콤플렉스가 있다면, 외국인 번역가는 원문 해석이 어렵겠구나. 역시 남의 떡이 커 보이는 건가.

외국인 번역가들의 번역은 문장이 수려하고 자연스럽다는 장점이 있지만, 한국어 원문 해석의 정확성이 떨어져 오역이 비교적 많다는 단점도 있다. 외국인 번역가가 번역해 번역 문학상까지 받은 책들조차 원문과는 별개로 임의로 해석되고 옮겨진 부분들이 눈에 띄었다.

물론, 최근에는 번역이 새로운 창작임을 강조하는 '트랜스크리에이션transcreation'[2]이란 개념도 등장하고, K

---

2   창작물을 다른 언어나 문화로 각색하는 번역 기술.

문학이 한국 문학과 구분되는 또 다른 장르로 자리를 잡아가는 추세다. 대표적인 사례가 영국인 번역가 데버러 스미스가 한강 작가의 『채식주의자』를 번역한 『*The Vegetarian*』이다. 수려한 영어로 한국 문학 최초로 맨부커상을 수상하기로 유명하지만, 일각에서는 많은 오역 논란이 있었다.

어릴 적 유년 시절의 일부를 미국에서 보냈지만 한국에서 산 세월이 훨씬 긴 나는 한동안 '과연 내게 한영 번역가의 자격이 있는 걸까,' 고민을 참 많이 했다. 그리고 그런 고민은 지금도 이따금 나를 괴롭힌다.

결국 내가 내린 결론은, '쉽게 쓰자!' 다. 비록 한국에 살면서 매일 영어로 소통하지는 않지만, 그동안 수많은 베스트셀러를 영어 원서로 읽었다. 베스트셀러도 그 종류 나름이겠지만, 내가 느끼기에 일반적으로 베스트셀러가 요구하는 독해력 수준은 생각보다 그리 높지 않다. 일반 독자 누구나 술술 잘 읽을 수 있는, 쉽고 간결한 문체의 영어로 쓰인 경향이 있다. 그래서 나는 괜히 어쭙잖게, 뭔가 '있어 보이는' 영어를 구사하겠다고 어려운 어휘나 배배 꼬인 문체를 쓰기보다는 쉽고, 간결하고, 잘 읽히는 영어를 쓰기로 결심했다. 번역가로서 나의 약점에 집착하기보다는 장점인 '원문의 정확한 해석'과 '간결함'에 집중하기로 했다.

쉽게 쓴다고 해서 결코 유치한 글이 아니다. 단, 여기서 중요한 건, 쉽지만 '정확한' 영어로 쓰는 것. 문법이나 철자 표기, 논리 구조 모두 정확하게!

실제로, N사에서 웹툰을 영어로 번역하는 팀에서 프로젝트 매니저로 일하고 있는 친구의 말에 따르면, 번역가를 채용할 때 1차 번역 시험에서 가장 먼저 보는 것이 원문의 정확성이기 때문에 제아무리 유창한 영어를 구사할지라도 원문을 제대로 해석하지 못해 오역할 경우, 거기서 바로 탈락이라고 한다. 화려한 글솜씨를 뽐낼 기회조차 없다고.

모국어가 영어인 외국인이나 유학생, 교포들 사이에서 한국에 거주하는 한영 번역가가 살아남을 수 있는 길은, 더 많은 시간과 노력을 번역에 할애하는 것이다. 자신의 부족함을 인정하고, 더 많은 시간을 미드 시청과 영어 원서 독서, 연구에 쏟는 것이다. 더 부지런히 검색하고, 더 많이 고민하면 된다. 단, 나태해지는 건 금물!

'실력이 부족하면 노력으로라도 메워야 한다.' 나는 어떤 일을 맡든 늘 그런 마음가짐으로 임한다. 한국에 사는 나는 매일 영어로 대화하고 영어로 사고하는 원어민들에 비해 턱없이 부족하므로, 그만큼 노력으로 상쇄해야 한다고. 그렇게 믿고 하루하루 치열하고 끈질기게 영어 공부해 나가며 번역한다.

누가 뭐래도 우리는 의지의 한국인이니까!

가진 건 엉덩이 힘

N년차 프리랜서 번역가의 최강 무기

한때는 프리랜서 영어 통·번역사가 아닌 일반 사무직 직장인이었던[1] 나는 취업 준비 시즌에 자기소개서를 기발하게(?) 잘 써 1차 서류 전형 통과는 물론, 단체 면접을 뚫고 최종 임원진 면접까지 '한 방에' 가기로 친구들 사이에서 유명했다.

한 번은, 광고 공모전에 도전해 본 적도 없고 이력서에 쓸 광고 관련 경력이 단 한 줄도 없음에도 불구하고 유명 광고회사의 단체 면접을 뚫고 최종 후보 3인 안에 들기도 했다(결국 해당 직무보다는 취업 자체가 간절했던 나는 최종 합격자가 되지는 못했지만). 광고 카피 형태로 나를 소개하는 색다른 자기소개서로 1차 서류 전형에 통과한

---

1 통번역 대학원에 진학하기 전에는 명품그룹 엘브이엠에치코스메틱스 (LVMH P&C) 마케팅팀에서 일했다.

건 그렇다 치고, 면접에서 베레탕 광고인 면접관을 사로잡아 다른 면접자들에게 "질문이 너무 (당신에게) 몰렸다"는 코멘트를 받기까지 했는데! 광고 관련 경력 하나 없는 내가 어떻게 면접관의 마음을 사로잡아 최종까지 갈 수 있었던 건지, 지금 다시 생각해 봐도 참 신기할 따름이다.

그 당시 내 아빠뻘 베테랑 광고인을 사로잡을 수 있었던 건 바로 나의 '엉덩이 힘' 어필이었다. 음, 그런 거 아니야, 이상한 생각은 그만! 왜 회사가 나를 뽑아야 하는지 설명해 보라는 면접관의 질문에 나는 "그 누구보다 책상 앞에 엉덩이 딱 붙이고 앉아서 끈기 있게 뭐든 잘 해낼 자신 있습니다!"라고 당차게 선언한 것. 그땐 정말 취업이 간절해서 진심으로 한 말인데, 며칠 뒤, 면접 어땠냐고 묻는 친구에게 그대로 전달해 줬더니 친구는 그 자리에서 폭소를 터뜨렸다(난 세상 진지한데……). "근데 진짜 그렇게 말했어?" 하고 되물으며 놀람을 감추지 못했다.

단체 면접에서 그렇게까지 당차게 말할 수 있었던 건, 엉덩이만큼은 그 누구의 것보다 무겁다는 자신이 있었기 때문인 것 같다. (그땐 내가 그 '엉덩이 힘'으로 번역하고 이렇게 글 쓸 운명인 줄은 꿈에도 몰랐지만!)

N년차 자급자족하는 프리랜서 번역가의 비결이 뭐냐고 묻는다면, 나는 바로 이 '엉덩이 힘'이라고 말하고 싶다.

나보다 해외에서 거주한 기간이 훨씬 긴, 준 원어민급 번역가들은 헤아릴 수 없이 많다. 심지어 한영 번역 시장에서는 영어를 모국어로 하는 외국인 번역가들과도 경쟁해야 한다. 내게 그들보다 뛰어난 것이 딱 하나 있다면, 그건 아마 '엉덩이 딱 붙이고 한자리에 앉아 오랜 시간 치열하게 고민하는 힘'일 것이다.

　하루 최소 4시간은 노트북 앞에 화석처럼 붙어 앉아 정해진 번역 진도를 꼬박꼬박 '구몬 학습지' 풀듯 채워 간다. 물론, 마감이 임박해서는 그보다 더 장시간 버티고 앉아서 일한다. 침대, 넷플릭스, 유튜브, SNS 등의 수많은 유혹거리 속에서 오전부터 들썩이려는 엉덩이를 애써 붙잡고 '딱 이 한 페이지까지만……' 하며 스스로를 타이른다. 그리고 '이번 프로젝트만 다 끝나면 그동안 먹고 싶었던 거 다~ 먹고, 쇼핑도 실컷 하고, 하고 싶었던 거 다~ 할 거야!' 하고 벼르며 디데이D-Day까지 참아본다.

　그렇다. N년차 번역가인 나의 최강 무기는 다름 아닌 '엉덩이 파워'다!

돌다리도 몇 번이고 두드려 보고 건너기

번역가의 필수 습관

어쩌면 조금 변태스럽게 느껴질지 모르겠지만, 번역을 잘하기 위해서는 끊임없이 자기 자신과 자신이 옮긴 글을 의심해야 한다. 나는 이를 '돌다리도 두드려보고 건너는' 습관이라 표현한다.

모르거나 생소한 단어는 당연히 검색이 필수고, 아는 단어도 '혹시 모르니' 다시 한번 더 정확하게 확인해 봐야 한다. 그렇기에 번역은 생각보다 많은 시간과 노력이 소요되는 작업이다.

번역가마다 번역하는 스타일은 제각각이겠지만, 내 경우, 초고를 최대한 빠르게 작성하고 퇴고에 많은 시간을 투자한다. 초안 단계에서는 '처음 만난 그 느낌'만 그대로 간직한 채, 죽이 되든 밥이 되든 머릿속에 즉시 떠오르는 영어 표현으로 옮긴다. 단, 이때 막히거나 모르는 부분이 있다면 퇴고할 때 좀 더 공들이고 놓치지 않고 꼼꼼히 수정할 수 있도록 나만의 방식으로 표시해 둔다. 주로 물음표 두 개를 써서 '??'로 표시해 놓거나 폰트 색상을 빨간색으로 칠해둔다. 동시에 여러 단어가 떠오르는데 결정장애로 딱 하나의 단어를 선택하지 못할 때는 일단 '/'와 함께 전부 나열해 적어 놓는다. 그리고 퇴고 시, 눈을 부릅뜨고 본격적으로 수정하며 텍스트를 파고든다.

결국 번역하는 과정은 초안 작성⇒퇴고⇒최종 퇴고 순으로 이루어진다. 이런 식으로 최소 세 번은 같은 글을 다시 본다. 물론, 내용이 너무 어려워 퇴고가 두 번으로 끝나지 않고 3차, 4차로까지 이어지는 상황도 간혹 발생한다. 글의 난이도에 따라 글을 다시 보는 횟수 또한 다르다.

번역해 옮긴 글은 처음 봤을 때와 그다음에 봤을 때, 어느 정도 시차를 두고 봤을 때, 전부 다르게 보인다. 처음에는 보지 못한 실수나 논리 및 문법 오류 등을 뒤늦게 발견할 수도 있기 때문에 번역문을 적어도 두 번 이상은 봐야 한다는 게 나의 지론이다. 가끔 초안을 별로 수정하지 않고 제출한다는 뛰어난 능력의 번역가를 보게 되는데, 내겐 그런 능력이 없으니까……. 그저 순순히 부족함을 인정하고 원래 하던 대로 묵묵히, 미련하게 번역 작업을 이어나간다.

덕분에 몇몇 클라이언트로부터 '오탈자 (거의) 없는

번역가'라는 말도 들었다. 이렇게 내 노력을 알아봐 주는 분들이 있어 나는 '번역문 최소 세 번 보기' 규칙을 고수하며 어제도, 오늘도 묵묵히 한 글자 한 글자 옮겨 나간다.

돈 vs 시간

프리랜서가 '버는' 것

"문화예술 콘텐츠 번역가.
예술가처럼 '배고픈' 직업 아닌가요?"

언젠가 '문화예술 콘텐츠 번역가'라는 타이틀로 유튜브 인터뷰 요청을 받아 영상을 촬영하던 중, 인터뷰어interviewer로부터 이런 질문을 받았다. 아마 우스갯소리로 던진 말이었겠지만, 나는 적잖이 당황했다.

옆에서 이를 들은 담당자가 "알고 보면 엄청 많이 버실지도 몰라요" 하고 넘겼지만, 그때 알았다. 요즘처럼 K콘텐츠가 잘 나가는 시대에도 여전히 문화예술은 '배고픈 분야'로 인식된다는 걸.

흔히 글 쓰는 일이나 예술은 '굶어 죽기 딱 좋은 일'로 알려져 있다. 그래서일까. 문화예술 콘텐츠 번역을 업으로 삼고 있는 내가 취미로 일하는 건 아닌지 의심하는 지인들도 더러 있다. 아직 미혼인 데다 부모님 집에서 편하게 먹고, 자고, 생활하는 특권을 누리고 있는 건 나도 인정……. 부끄럽지만 지금껏 독립도 못 한 '어른이'다. 덕분에 월세나 관리비와 같은 비용은 아낄 수 있다. 하지만 그뿐이다. 취미로 일하는 게 아니라 하루하루 스스로를 먹여 살리기 위해 일한다.

다행히 그동안 프리랜서로 일하면서 수입이 없어 쩔쩔매거나 돈 때문에 비굴했던 적은 크게 없다. 직장 생활하던 때만큼은 (때로는 그보다 조금 더) 벌고 있다. 일복이 많아 참 감사한 프리랜서다.

물론, 프리랜서라는 특성상 비수기와 성수기는 피할 수 없다. 1년 중 비수기로 꼽히는 시기에는 (내 경우, 주로 연말이나 연초) 터무니없이 적은 돈을 벌기도 한다. 통장에 '귀여운 금액'이 들어오는 달에는 나의 소비 또한 귀여워진다. 반면, 하루에 24시간이 부족할 정도로 많은 작품, 많은 일이 몰려서 전부 소화하느라 가까스로 번아웃을 피할 때도 있다.

그럼, 대체 일이 없을 때는 어떻게 하냐고? 일이 없을 때도 여전히 먹고 입고, 생활하는 비용이 들기 때문에 이를 대비해 상시 '비상금 통장'에 생활비의 두 배에서 세 배 정도 넉넉히 채워둔다. 그래야 혹여나 클라이언트가 제때 번역비를 지급하지 않는 불상사가 발생할지라도 통장을 들락거리며 불안에 떨거나 비굴하게 지급을 재촉하지 않고, 여유와 품위를 유지할 수 있다. 특히 번역은 최종 결과물의 품질이 매우 중요하기 때문에, 훗날 고품질의 번역물을 생산해 내기 위해서는 스스로를 잘 보살피고 틈틈이 머리에 지식도 채워 넣어야 한다.

프리랜서는 일이 없더라도 너무 우울해할 필요가 없다. 일이 없다면 황금 같은 '시간'이 있을 테니.

"일이 없는데 시간만 많으면 더 우울해지지 않나요?"라고 묻는다면, 나는 "그건 그 사람 하기 나름"이라고 답하고 싶다.

나 또한 갑자기 일이 소리 소문 없이 사라진 것 같아 '그럼 이제 뭘 해야 하나' 방황한 적이 있다. 그리고 아마 그런 상황은 앞으로도 비일비재할 것이다. 그럴 때 나는 나 자신에게 시간을 투자한다. 나중에 분명 정신없이 바쁜 시기가 올 테니, 그때 가서 '아, 좀 더 놀걸……' 혹은 '미리 공부나 좀 해놓을걸' 하며 후회하는 대신, 내 몸과 마음을 잘 돌보고 성수기를 위해 단단히 대비하려 노력한다.

나는 일이 없을 때 남아도는 시간을 취미활동이나 무언가를 새로 배우는 '절호의 기회'로 활용한다. 이 책 또한 갑자기 생겨난 시간을 알차게 쓰기 위해 간 독립출판 모임에서 처음 싹을 틔웠다. 요즘은 워낙 소셜 모임이 활성화되고 '살롱 문화'가 널리 확산해, 의지만 있다면 무언가를 배우거나 비슷한 관심사를 가진 사람들을 만나기가 예전보다 훨씬 쉬워졌다.

그러니 당신이 만일 프리랜서가 되기로 결심했다면

너무 앞서 걱정하지 않았으면 좋겠다.

돈이든 시간이든, 분명 하나는 벌 수 있을 테니.

Part II.

어서 와, K콘텐츠 번역은 처음이지?

한국 문화 콘텐츠, 어디까지 아니?

대~한민국! 위풍당당 K콘텐츠

K팝, K문학, K드라마, 웹툰 등 K콘텐츠가 전 세계적으로 붐인 요즘.

영화 「기생충」이 오스카 수상으로 한국 영화의 위상을 높였고, 소설 『채식주의자』가 맨부커상을 수상하며 한국 문학을 세계에 알렸으며, 세계적인 K팝 아이돌 그룹 BTS는 UN에서 연설을 했다.

한동안 글로벌 OTT 플랫폼 넷플릭스에서 최고 인기작이었던 「오징어 게임」은 미국 방송계 최고 권위를 자랑하는 에미상 남우주연상과 감독상을 받았고, 이어서 「성난 사람들Beef」도 골든글로브와 에미상 감독상과 남우 주연상을 받았다.

윤고은 작가의 소설 『밤의 여행자들』은 영국의 대표

적인 추리문학상 대거상을 수상했다. 정보라 작가의 『저주토끼』는 부커상 최종 후보에 이름을 올렸고, 김금숙 작가의 소설을 원작으로 만들어진 그래픽 노블 『풀』은 미국 만화계의 오스카상으로 불리는 하비상을, 한강 작가의 『작별하지 않는다』는 프랑스 메디치 외국문학상을 수상하는 등 K문학 또한 위세를 떨치고 있다.

정확히 언제부터라고 딱 잘라 말하기는 어렵지만 K 콘텐츠가 활개를 치기 시작했고, 세계는 K콘텐츠의 매력에 스며들었다.

그런데 이런 K콘텐츠는 누가 번역할까? 어떤 과정을 거쳐 다른 언어로 옮겨질까?

영화 「기생충」을 번역한 달시 파켓이나 소설 『채식주의자』를 번역한 데버러 스미스, 『82년생 김지영』을 번역한 제이미 장, 『저주토끼』를 번역한 안톤 허 등의 번역가들은 이미 널리 알려져 있다. 그리고 그런 스타 번역가들 사이에서 어떻게든 시장의 작은 한 구석을 차지해 보려 애써 몸부림치는, 우주 속의 티끌 정도로 비유할 수 있는 나 같은 평범한 번역가도 존재한다.

'핫한 K콘텐츠'만큼 아직은 스스로를 '핫한 번역가'로 소개하는 경지에 오르진 못했지만, 최근 몇 년 사이 일어난 한류 콘텐츠 붐에 힘입어 나는 어제도, 오늘도, 느리지만 꾸준히 한국 콘텐츠를 영어로 옮긴다. 딱히 누가 알아봐 주지 않는다 해도, 하루하루 도를 닦듯 한 글자 한 글자에 정성을 쏟는다.

좋아하는 일을 한다고 자부했는데, 즐겨보던 '미드'나 영화, 만화, 책 등 온갖 문화예술 콘텐츠가 번역의 교재이자 골치 아픈 공부거리로 변해 이제 더는 즐길 수 없게 되었다. 대신, '나는 세계에 자랑스러운 한국 콘텐츠를 소개하고 있다'며 위풍당당, 괜한 자부심을 느껴(보려 노력해)본다.

아직은 미숙하기에, 뜬금없이 불쑥불쑥 튀어나오는 엉뚱한 고민들과 나만이 들려줄 수 있는 이야기들이 있는 게 아닐까 싶다.

자, 그럼, 이제 본격적으로 다채롭고 무궁무진한 K콘텐츠 번역 '썰'을 하나씩 풀어볼까나?

문화 콘텐츠 번역은 카멜레온처럼

번역가와 N개의 자아

언젠가 한 온라인 매체로부터 N잡러 인터뷰를 요청받은 적이 있다. '나 같은 일개 번역가에게 인터뷰 요청이라니!' 하고 놀라기에 앞서, 나의 첫 반응은 '엥? 내가? N잡러? 번역가를 N잡러로 분류할 수 있나?' 였다.

어떻게 연락하셨어요, 물어보니 내 『브런치스토리』 포스팅을 보고 연락하셨다고. 기억을 더듬어 예전에 쓴 포스팅을 찾아 읽어봤더니, 앗 정말이네! 스스로를 N잡러로 소개한 글이 있었다. 아마 한창 코로나의 여파로 사회에서 N잡에 대한 관심이 높아지던 즈음, 키워드 검색을 노려보고자 썼던 글인 것 같다. 다시 그 글을 읽어 보다가 묘하게 설득당해 버렸다.

그렇네~ 맞네, N잡러!

흐음, 그러니까, 어떻게 내가 N잡러냐면 말이지…….
같은 번역이라 할지라도 문학 번역, 영화 번역, 웹툰 번역 등 그 종류에 따라 업무의 특성과 요구되는 자질이 천차만별이기 때문이다. 가독성이 중요하고 글자 수 제한이 있는 영상 번역[1]과 원문의 단어 하나하나까지 섬세하게 살려야 하는 문학 번역은 전혀 다른 작업처럼 느껴지곤 한다.

그래서 다양한 종류의 번역을 할 때마다, 스스로에게 그에 맞는 모드로 전환하라는 명령을 내려 번역 작업을 수행한다.

하루는 카페에서 유명 걸그룹의 뮤직비디오를 보며 – 정확히 말해 '공부하며' – 관련 글을 해독해 보려 하는가 하면, 다른 날엔 한국 독립영화에 등장하는 '개고기'의 영어 표현에 집착해 조금이라도 쉽고 간결하게 옮길 방법은 없을지 궁리한다.

해외 저자에게 쓸 이메일을 영어로 번역하면서 '지금 나는 저자와 간접적으로 대화하고 있다!'며 혼자 신나서 괜히 그럴듯해 보이는 수려한 문체를 흉내 내 보기도 했다가, 유명 소설가의 서면 인터뷰를 번역하면서 작가와 끝날 듯 끝나지 않는 끈질긴 논의를 이어가며 '과연~ 역시 예술가는 다르구나,' 경외심을 품기도 한다.

한국 웹툰 속 의성어, 의태어를 고민하며 번역하다가 어느덧 화면을 살색으로 도배한, 아찔한 19금 장면에 혼

1　영상물을 번역하는 작업으로, 대표적인 예로는 영화나 드라마의 자막 번역이 있다.

자 얼굴 붉힌다는 건 '안 비밀'…….

새로운 일을 시작할 때마다 스스로를 카멜레온이라 생각하고 작업에 임한다.

'N잡러'라기보다 'N개의 자아를 두었다'는 표현이 더 맞지 않을까 싶다.

"엄마!"를 영어로 번역하면?

문학 번역, 그때그때 달라요

질문. "엄마!"를 영어로 어떻게 번역할까?

혹시 "Mom!"이라고 생각했나?

정답은, 그때그때 달라요~. 아마 '엄마'라고 했을 때 가장 먼저 떠오르는 단어는 'mom'일 것이다. 물론 틀렸다고 할 수는 없다. 하지만 엄밀히 따지면, 화자가 누구인지에 따라 다양한 번역이 가능하다. 어린아이가 한 말이라면 'Mommy!' 영국이나 호주 출신 사람이 한 말이라면 'Mum!' 그리고 상황에 따라 깜짝 놀랐음을 드러내는 감탄사인 'Yikes!'나 'Oops!'도 가능하겠다.

그렇다면 한 단계 더 나아가, 질문 2.
"보현 엄마!"는 영어로 어떻게 번역할까?

혹시 "Bohyun's mom!"을 떠올렸나?

이번에도 역시 다양한 선택지가 존재한다.

한국에서는 '~의 엄마'라는 표현을 참 많이 쓴다. 남편이 아내를 '자녀 이름 + 엄마'로도 부르지만, 지인들(가령 학부모들 사이에서)끼리도 그런 식으로 부르곤 한다. 전자의 경우, 예를 들어 남편이 "보현 엄마!"라고 아내를 불렀다면, 이는 영어로 'Bohyun's mom'이 아닌, 'Honey여보'(단, 남편이 다정한 성격이라는 가정하에)와 같은 애칭이나 아내의 이름으로 바꿔서 번역할 수 있다. 외국에서는 'Bohyun's mom'과 같은 식으로 누군가를 호칭하지 않기 때문이다. 그보다는 직접 이름을 부르거나, 격식을 차려야 한다면 'Mrs. + 남편의 성' 정도가 자연스럽다.

그나저나 자꾸 웬 엄마 타령이냐고? 서론이 길었는데, 문학 번역을 설명하려다 보니 그렇게 됐다. 인물의 목소리, 말투의 뉘앙스까지 고스란히 살려 번역하는 일이 바로 내가 하는 문학 번역이다. 나는 정보전달이 주목적인 '기술 번역'[1]이 아닌, 감정을 전달하고 감성을 건드리는 '문학 번역'을 한다.

한국 문학을 영어로 번역할 때 내가 가장 신경 쓰는 부분은 바로 앞에서 말한 인물들의 목소리다. 같은 말이

---

1 매뉴얼이나 기업체 문서 등 기술적이고 전문적인 자료를 정보전달 위주로 옮기는 번역을 말하며, '산업 번역'으로도 불린다.

라고 해도 성인이 했을 때의 말투, 어린아이가 했을 때의 말투가 각각 다른데, 이를 잘 살리는 게 관건이다. 누군가가 육성으로 책을 읽어주는 게 아니기 때문에 인물들의 말투를 상상하면서 번역해야 한다.

그리고 바로 이런 이유로 위와 같은 내용을 기계 번역기로 돌렸을 때 부자연스러운 번역이 나온다. 기계 번역에는 목소리가 없기 때문이다. (방금 구글 번역기를 돌려봤더니, 역시나 'Mom', 그리고 'Bohyeon's mom'으로 나왔다.)

"진짜 간단한 건데, 영어로 뭐라고 하는지 하나만 물어봐도 돼?"하는 지인의 짧은 물음에도 정작 오랜 시간 골똘히 머리를 굴려 고민해야 하는 까닭이다.

그러니 혹여라도 번역가에게 뭔가를 급히 물어봐야 한다면, 다짜고짜 한 문장만 달랑 물어보기보다는 앞뒤 맥락을 잘 설명해서 물어보기 바란다. 그렇게 하지 않으면, 번역가는 이렇게 답할 수밖에 없다.

"그때그때 달라요~."

인물에게 목소리를 입혀 봅시다

AI는 할 수 없는 것

앞서 '기계 번역에는 목소리가 없다'고 적었는데, 그렇다면 대체 그놈의 '목소리'는 어떻게 입히는 걸까? 정해진 '국룰'은 없지만, 지난 몇 년간 한국 문학을 영어로 번역하며 쌓은 나만의 노하우를 몇 가지 공유해 보겠다.

1. 대사 맨 앞에 호칭을 덧붙인다

쉬운 이해를 위해 한국어로 예를 들어 설명해 보겠다. "너 뭐 해?"라는 문장이 있다고 치자. 그런데 말투가 아무래도 심심하다, 조금 더 실감 나는 구어체 말투였으면 좋겠다면, "야, 너 뭐 해?"라고 앞에 '야'를 하나 추가해 주는 식이다. 아마 이보다 훨씬 다양하고 고차원적인 다른 기술들이 많이 존재하겠지만, 이 방식은 손쉽게 활용할 수 있어 내가 인물에게 말투를 입힐 때 자주 쓰는 '꼼수'다.

아마 이쯤 되면 이미 눈치챘겠지만, '야'라는 표현도 영어로 다양하게 번역할 수 있다. 가장 간단한 'Hey'에서부터 'Dude'(친한 친구들 사이에서), 'Girl'(여자들 사이에서), 'Yo'('힙'하거나 껄렁대는 사람이라면), 기타 등등 활용할 수 있는 옵션이 많다.

이와 비슷한 맥락으로, 좀 더 공손한 느낌으로 표현하고 싶다면, 맨 앞에 '저기요'를 추가할 수 있다(이를테면, "저기요, 뭐 하시는 거죠?"). 영어로는 'Excuse me'나 'sir'(남자에게), 또는 'ma'am'(여자에게) 등을 활용할 수 있다.

2. 들리는 그대로 철자를 적는다 (feat. 'gonna', 'wanna')

자주는 아니지만, 나는 필요에 따라 때때로 말이 발음되는 대로, 들리는 그대로 철자를 쓰기도^{spell out} 한다. 흔히 'gonna'는 'going to', 'wanna'는 'want to'로 써야 문법에 맞는다고 배웠을 것이다. 'gonna'와 'wanna'를 사전에 찾아보면 모두 '비격식 표현' 또는 '비표준'이라고 나온다. 하지만 문학이나 콘텐츠에서만큼은 들리는 그대로 쓸 수 있다.

마찬가지로 'should have' 대신 'shoulda', 'would

have' 대신 'woulda', 'could have' 대신 'coulda'. 이제 대충 감이 왔을 것 같다.

3. 표현을 축약한다

'should have'를 언급하다 보니 자연스레 떠올랐는데, 내가 대표적으로 축약하는 단어들은 'should have' → 'should've', 'would have' → 'would've'이다. 'Have'나 'would' 또한 자주 축약해서 쓰는데, 예를 들면, 'He had' → 'He'd', 'He would' → 'He'd'로 쓰는 식이다. 'He is', 'she is' 대신 'He's', 'she's'로 축약하면 훨씬 더 구어체적이고 가볍게 느껴진다.

개인적으로 나는 문학의 대화체를 번역할 때 종종 이 기술을 활용하곤 한다. 이는 특히 웹툰과 같은 콘텐츠를 번역할 땐 더더욱 요긴하게 써먹을 수 있다.

4. 욕설을 섞는다

한국어로 '이놈, 저놈'과 같은 표현은 영어로 욕설을 섞어서 번역할 수가 있다. 한국어 원문에는 '18'이란 강한 욕설이 쓰이지 않았더라도, 영어로는 'fucking'과 같은, 외국인들이 일상적으로 사용하는 욕을 추가할 수도 있다.

그리고 멍청한 놈을 뜻하는 'prick', 'asshole' 등의 속어를 사용할 수도 있겠다. 예를 들어, "이놈들 뭐 하나 제대로 하는 게 없어!" 또는 "이놈들이 대체 제대로 하는 게 뭐야?"와 같은 표현은 "What do those pricks ever get done, anyway?"와 비슷한 식으로 번역할 수 있겠다. (사실, 이 영어 문장은 번역한 게 아니라 영화 「오토라는 남자A Man Called Otto」에서 가져왔다. 나는 종종 영화나 미드를 보다가 번역에서 활용할 만한 표현이나 문장들을 적어놓는데, 이게 또 여기서 이렇게 쓰일 줄이야! 단, 이 문장을 그대로 사용한다면 표절이므로, 표현을 참고만 하되 직접 새로운 문장을 만들어 번역하자.)

그 외에, 경미한 욕설을 섞어 쓸 수도 있다. 이를테면, 'hell제기랄, 빌어먹을'과 같은 단어를 활용할 수 있겠다.

한국어로 "왜 그래?"라는 표현이 있다고 치자. "What?" 혹은 "What's wrong?"으로 번역할 수도 있지만, 좀 더 드라마틱하고 센 말투를 쓰고 싶다면, ("너 대체 왜 그러는 건데?"와 같은 뉘앙스로) "What the hell is wrong with you?"로 번역할 수 있다. 앞에서 강조한 '축약'까지 적용해 보면, "What the hell's wrong with you?"로 쓸 수 있겠다.

아마 이러한 몇 가지 간단한 기술들만 적용해도 인물들의 목소리를 훨씬 더 생생하고 자연스럽게 옮길 수 있을 것이다.

여기까지, K문학 번역가가 전하는 소소한 꿀팁이었다. 부디 기계 번역기만은 이 글을 보지 않았으면…….

꼬마 조수 부려 먹기

번역가가 '기계 번역기'를 활용하는 법

"기계 번역 때문에 걱정되지 않으세요?"

"생업에 타격은 없으신가요?"

스스로를 번역가라고 소개하고 나면 더러 받는 질문이다. 요즘 특히나 챗지피티^{ChatGPT}와 같은 획기적인 AI 기술의 등장으로 많은 사람들이 기계 번역기를 활용하는 분위기다. 그러다 보니 자연스레 주변에서는 번역가인 나를 걱정해 주곤 한다. 과거에는 구글 번역기 정도만 있었다면, 이제는 파파고, DeepL, Kakao i 등 새로운 번역 플랫폼과 앱이 넘쳐난다.

들리는 동료 기술 번역가들의 말에 의하면, 실제로 기계 번역 때문에 클라이언트들이 번역료를 깎으려고 할 뿐 아니라, 번역보다는 '감수'라는 이름으로 주는 일거리가 더 많아지고 있다고 한다. 그런데 문제는, 감수를 요청하면서 번역물이라고 전달한 자료가 원문을 기계 번역기로 돌리고 난 '기계 번역물'이라는 것. 대부분 오역투성이인 데다가 도통 무슨 말인지 이해할 수 없어서 원문과 대조하며 하나하나 뜯어고쳐야 하는데, 오히려 직접 번역하는 것보다 더 많은 수고가 들곤 한다고. 하지만 억울하게도 감수료는 반토막 난다고……. 오 마이 갓김치! 듣는 내가 다 화나네!

이런 불합리함을 누군가는 목소리를 내서 알려야 할 텐데, 아직은 나서서 항의하는 번역가들이 별로 없나 보다. 클라이언트들도 참, 기계 번역물의 수준이나 한계를 제대로 알지도 못하면서, 번역기를 과평가해 비용 줄이는 데만 급급하다니. 번역가들만 피를 보는 것 같아 너무 안타깝다.

나 또한 번역의 속도를 높이기 위해, 그리고 기계 번역기의 진화 정도를 파악하기 위해 종종 원문을 번역기에 돌려보곤 한다. 그럴 때마다 기계 번역기는 문장의 주어를 완전히 잘못 잡거나, 조금만 구어체적인 표현이 나오면 갈피를 못 잡고 헛소리를 해대는 등 워낙 오역을 많이 해서, 그 내용을 원문과 비교하고 바로잡는 데 더 오랜 시간이 소요된다는 결론에 이르렀다. 결국 나는 문학 번역을 할 때 기계 번역기를 거의 활용하지 않는다.

기계 번역기의 '오역 폭탄'이 어떤 식인지 쉽게 이해할 수 있도록 몇 가지 오역 사례를 정리해 봤다. 영한 번역[1]과 한영 번역[2] 사례를 모두 가져왔다.

(예시이므로 원문의 일부는 임의로 변형했고, 간략히 하기 위해 앞뒤 내용은 생략했다. 원작자의 문장을 그대로 가져온 경우에는 각주를 달았다.)

1. 영한 번역

[자동차 홍보문의 일부]

원문: The car flourished under his watch …

기계 번역: … 그의 손목시계 아래 자동차는 번성했다.

('under his watch'는 '그의 감독/주시하에'로 번역해야 할 텐데, 생뚱맞게 손목시계가 등장했다!!!)

2. 한영 번역

[소설 문장]

원문: 나는 눈싸움을 하듯 눈을 크게 뜨고 그를 노려봤다.

기계 번역: I opened my eyes like a snowball fight and looked at him.

(눈싸움의 '눈'을 'snow'로 번역한 부분에서 빵 터졌다! ㅎㅎㅎ)

---

1 영어를 한국어로 번역.
2 한국어를 영어로 번역.

[에세이 문장]

원문: 늙은 <u>당신</u>이나 잘하세요.[3]

기계 번역: Old <u>Sugar God</u> be good.

(당신을 당 + 신으로 번역한 창의력이란! 기계 번역기가 나보다 농담 따먹기에는 능숙할 듯하다.)

[매거진 제목]

원문: 멤버들이 꼽은 <u>최애 곡</u>

기계 번역: <u>Choi AE-gok</u> selected by members

(모르는 표현은 무조건 고유명사로 번역하는 경향이 있다. 노력만큼은 가상하다.)

가끔 오역하는 방식이 너무나도 기발하고 웃겨서, 일을 하다가 '기계 번역 푸핫'이란 제목의 폴더에 기계 번역기의 오역 모음집을 만들기도 한다. 아직은 생계에 위협받지 않고 이렇게 웃어넘길 수 있어서 어찌나 다행인지!

그럼에도 기계 번역기의 몇 가지 장점을 꼽아보자면. 당연히 직역이 가능한 간단한 글은 큰 문제없이 번역할 수 있다. 단문의 글이면 거뜬히 잘 옮기는 것 같기도 하다. 다시 말해, 뉘앙스까지 살리지 않아도 되는, 의미만 통하면 되는 글을 번역하기에는 딱이다. 아마 그래서 많

---

3 김순옥, 『초보 노인입니다』, 민음사, 2023, 17쪽.

은 직장인들이 이메일을 쓸 때 기계 번역기를 사용하나 보다. (하지만 중대한 결정을 좌우하거나 민감한 내용을 담은 비즈니스 이메일을 작성할 때는 조심하자!)

내가 유일하게 기계 번역기를 활용하는 순간은 원문의 핵심 키워드를 빠르고 간단하게 파악해야 할 때이다. 특히, 무난한 수준의 단어들로 이루어진 (의역할 필요가 없고 비속어도 아닌) 텍스트의 경우, 키워드 정도는 잘 잡기도 한다. 사전을 사용할 때처럼 각 단어를 일일이 찾아보지 않아도 되고, 단번에 한 문단, 또는 문서 전체를 통째로 옮길 수 있다는 장점도 있다. 그래서 나는 오역이 있음을 감안하고 쭉 훑어보면서 번역을 위한 아이디어를 얻는 정도로 기계 번역물을 활용한다.

기계 번역기마다 각자의 주특기가 있겠지만, Kakao i와 구글 번역기, 파파고, DeepL, 챗지피티 등 몇 가지를 비교하며 사용해 본 결과, (순전히 주관적인 생각이지만) DeepL은 다른 번역기들에 비해 의역하는 경향이 매우 두드러져서 신기했다. 원문에 없는 새로운 문장을 스스로 만들어(!) 어떻게든 풀어서 설명하려는 점이 인상 깊었다. 하지만 의역한 결과물에 대해서는 (이 또한 주관적인 평가지만) '너무 앞서나간' 경향이 보였다. 자칫하면 오역으로 판단될 위험이 컸다. 물론, 이 또한 번역에 대한 아이디어를 얻기에는 유용하다고 생각한다.

한마디로, 나는 기계 번역기를 '브레인스토밍해 주는

꼬마 조수'정도로 생각하고 활용한다. 내가 미처 떠올리지 못한 단어를 제안해 주는, 빠릿빠릿하고 열정 넘치는 꼬마 조수. 아직 초짜라서 뭘 해도 어설프고, 원문 해석은 대부분 틀리지만, MBTI가 'T'라서, 때론 생각이 너무 많아 미궁 속으로 빠지는 'F'성향의 나에게 의외로 쉽고 간단한 키워드를 제시해 주기도 하는, 그런 조수. 때론 지나치게 엉뚱해서, 내가 미처 생각하지 못한 아이디어를 제공해 주기도 하는.

하지만 조수는 조수일 뿐. 그 녀석에게 너무 의지하기보다 내 직감을 믿어야 함을 잊지 말 것!

나의 원어민 동료를 소개합니다

번역가의 '챗지피티' 활용법

앞서 나는 기계 번역기들은 내게 번역을 도와주는 '조수'일 뿐이라고 표현했다. 그런데 이런 조수를 넘어 나의 믿음직스러운 원어민 동료 역할을 톡톡히 해주는 기계 번역기가 있었으니. 바로 요즘 누구나 한 번쯤 사용해 봤을 법한 챗지피티^{Chat GPT}다.

"채찍 뭐? 채찌피티? 챗찌피티?"

처음엔 뜻을 모르고 친언니에게 주워들은 거라, "대체 뭐라는 거야, 뭔 이름이 그래?"하고 반응했다. 발음하기도, 기억하기도 쉽지 않았다. 마케팅 종사자인 친언니의 말에 따르면, 요즘 애들은 다 챗지피티로 번역한다고. 그렇게 처음 알게 된 챗지피티.

처음엔 나도 챗지피티에 번역을 몇 차례 시켜본 후, 번역문이 원문과 거리가 너무 크다는 사실을 발견하고 그러면 그렇지, 아직은 AI가 인간 번역가를 따라오지 못한다는 데서 일종의 안도감을 느낌과 동시에 내가 업무적으로 도움 받을 일은 없겠다 싶어 다소 실망하며 사용하기를 포기했었다. 그러다 우연히 챗지피티가 상당히 유용하다, 시키면 뭐든 다 해준다, 사용법만 제대로 알면 정말 편하다,는 말을 들었고, 심지어 챗지피티로 영어책을 출판했다는 소식까지 들려왔다. 호기심이 발동했다.

어쩌면 내가 챗지피티 활용법을 제대로 알지 못해서일지도 모르겠다 싶어, 다시 한번 챗지피티에 기회를 줘보기로 했다. 기계를 부려 먹기에 앞서 어떻게 하면 내게 유리하게 활용할 수 있을지, 방법을 궁리해 봤다.

우선, 챗지피티는 미국에서 탄생했다. 미국에서 개발한 AI이니만큼 다른 건 몰라도 영어 하나만큼은 '기깔나게' 잘하지 않을까란 생각이 문득 들었다. 인정하고 싶지는 않지만, 한국어를 영어로 번역하지만 한국에서 거주하고 있는 나보다 챗지피티가 훨씬 많은 영어를 접하고 사용하고 있을 것 같았다. 그렇다면 챗지피티에 내가 한 번역을 편집하는 역할을 맡겨보는 건 어떨까? 헷갈리는 문법이나 오타 정도는 거뜬히 잡아줄 수 있지 않을까? 대부분의 영문 교정 프로그램들이 유료인 것에 반해 챗지피티는 무료인데, 밑져야 본전. 어디 한번 써볼까?

그렇게 다시 만나 몇 차례 사용해 본 결과 알게 된 사실은, 챗지피티가 영어 자체를 다루는 데는 꽤 능숙하다는 것이다. 글을 보다 매끄럽게 수정해 주는, 이른바 '윤문'을 의외로 잘한다! (오호, 그래, 바로 이거야!)

그런 깨달음을 얻은 후로는 번역을 다 하고 나서 한 번씩 챗지피티에 물어보는 습관이 생겼다. 모든 내용을 다 물어보는 건 아니고 가끔 궁금한 내용, 내가 썼음에도 영 자신이 없는 표현이나 문장을 입력한 후, 기계의 의견을 물어본다. 문법 오류는 없는지, 표현이 어색하지는 않은지, 좀 더 간결하고 흐름을 자연스럽게 할 수는 없을지.

내가 주로 활용하는 방식은 대화창에 'grammar check:'이라고 입력한 후, 바로 뒤에 내가 번역한 영어 문장을 넣는 것이다. 단, 기밀 유지가 중요한 내용의 경우, 고유명사나 유출 시 문제가 될 수 있는 민감한 정보는 다 삭제하고, 내가 궁금한 표현이나 문법 부분만 따로 추려서 입력해 물어본다. 신기하게도, 챗지피티는 내가 생각지 못한 부분에서 어색한 표현이나 문법 오류, 오타 등을 찾아내 새로운 제안까지 해준다.

게다가 챗지피티는 공손하기까지 하다. 평소에 날카로운 지적이나 비판에 쉽게 상처받는 사람도 챗지피티로부터 상처받을 일은 없을 것 같다. 챗지피티는 내 영어 문장을 존중해 주면서도 내가 상처받지 않도록 돌려

말해 새로운 대안을 제시해 준다. 다음은 내가 챗지피티에 내 영어 문장을 입력하고 나서 받은 답장이다.

Your sentence is clear and well-constructed. If you'd like a slight variation, you might consider:

문장이 명료하고 구성도 좋습니다. 살짝 변형하고 싶다면 다음 내용을 고려해 보세요.

내 글을 존중해주면서도 살짝 변형된 대안을 제시해 주는 챗지피티. 혼자 고민하며 끙끙대거나 친구에게 물어보는 것보다 훨씬 빠르고 친절하다. 내 원어민 동료로 딱이다!

실제로 나는 챗지피티를 업무에 활용하면서 일에 대한 부담이 많이 줄어들고, 업무처리 속도도 (예전에 혼자 고민하던 것에 비해) 확연히 빨라졌다. 이는 한국어로 작업한 글을 부산대 '한국어 맞춤법·문법 검사기'로 문법 오류나 오탈자를 최종적으로 확인하는 것과 비슷한 이치다.

그렇다고 해서 챗지피티가 늘 정답은 아니다. 내가 앞에서 언급한 다른 기계 번역기들처럼, 챗지피티가 수정해 준 글 또한 원문과 대조했을 때 원문의 의미에서 많이 벗어나거나 글을 잘못 해석해 엉뚱한 방향으로 다듬는 경향이 있었다. 다시 말해, 챗지피티가 제안해 주는 영문은 문법과 문장의 흐름flow 면에서는 뛰어났지만, 내용 해석 면에서는 부족함이 엿보였다.

그러니 이러나저러나, 번역가는 올바른 텍스트를 판단하는 눈과 분별력을 갖추어야 한다. 챗지피티가 제아무리 편집이나 윤문을 잘할지라도, 결국 원문과 비교하며 최종 표현과 단어들을 선택하고 번역물에 대한 책임을 지는 것은 오롯이 번역가의 몫이니.

따라서 번역가는 필요에 따라 챗지피티를 활용하되, 이를 지나치게 맹신하거나 의지하지 않도록 본인만의 기준과 균형 있는 기계 번역기 사용 노하우, 그리고 무엇보다 언어에 대한 감각을 잃지 말아야 할 것이다. 그러려면 어떻게 해야 하냐고? 많이 읽고 많이 번역해야지, 뭐, 별다른 뾰족한 수가 없다.

그럼 나도 이제 슬슬 영어책 읽으러 가봐야겠다.

(총총총)

맛깔나는 번역을 위한 캐릭터 연구

「스우파2」를 보다가 (feat. 리아킴)

「스우파2(스트릿 우먼 파이터2)」를 보다가 문득, 코레오 그래퍼choreographer라는 직업에 흥미를 느끼게 되었다. 메가 크루 미션이라는, 무려 100명의 댄서를 단결시켜 어마어마한 무대를 선보인 크루 원밀리언에게 감탄을 금치 못했는데. 크루의 리더 리아킴에게 진심으로 '리스펙'을 느꼈다. 과연, 춤이란 진정한 종합예술이구나~ 새삼 춤의 위대함을 실감했고, 안무란 대체 어떻게 탄생하는 건지 궁금해졌다.

급기야 리아킴이 쓴 에세이 『나의 까만 단발머리』까지 읽기에 이르렀다. 그리고 역시나 책에서 리아킴이 안무를 짜는 과정을 설명한 부분이 가장 인상 깊었다. 한편으로는 번역가인 내가 번역하는 과정과도 어느 정도

일맥상통하는 부분이 있는 것 같아 신기했다.

　안무 요청을 받는다. 노래 파일과 가사 파일을 받는
다. 가사를 읽고 노래를 들어본다. 개인적인 취향에
따라 노래가 마음에 들든 들지 않든 간에 여기에 맞
게 안무를 짜야 한다. 음악을 여러 번 반복해 들으
면서, 가사 속 주인공이 되려고 노력한다. 귀여운
곡일 때는 귀여운 사람이 돼보고, 조금 심오한 곡일
때는 그런 사람이 돼보려고 한다. 먼저 노래 안에서
주인공 캐릭터를 잡는다. 노래 속 캐릭터 가운데 가
장 매력적인 주인공은 누구일까 꼽아보는 것. 이 이
야기를 바탕으로 안무를 짜기 시작한다[1].

　리아킴은 안무 요청을 받으면, 곡의 캐릭터를 만들어
내는 데 주시한다고 한다. 영화 주인공을 연상하며 그
캐릭터를 안무에 녹여내기도 하는데, 트와이스의 「TT」
를 작업할 때는 「레옹」의 마틸다를, 선미의 「가시나」를
작업할 때는 「블랙 스완」을 떠올리며 만들었다고.[2]
　나 또한 번역할 작품을 맡으면, 가장 먼저 번역에 참
고할 만한 책이나 영화, 미드는 무엇일까 고민한다. 노
인 에세이를 번역할 때는 소설 『오베라는 남자』의 영문
판 『A Man Called Ove』를 짬짬이 읽으며 책 속 인물을
연구했고, 소설을 바탕으로 제작된 영화 「오토라는 남
자」를 보며 톰 행크스가 연기한 오토의 말투를 면밀히

1　리아킴, 『나의 까만 단발머리』, 아르테, 2019, 221쪽.
2　같은 책, 223쪽.

관찰했다.

　노인과 관련된 표현들(이를테면 'old folk's home^{양로원})은 물론, 노인의 말투에 주목해 필요에 따라 메모해 가며 시청했다. 노인의 말투가 뭐냐고? 음, 그러니까, 노인들 중에서도 약간 괴팍한^{grumpy} 노인의 짜증 섞인 말투.

　예를 들면 소설 『*A Man Called Ove*』 속 주인공처럼 'bloody^{망할}'란 형용사를 말의 중간중간에 섞어 쓰는 전략이 있을 수 있겠다.

> But you couldn't bloody carry on like that, he decided at the time.[3]

　또는 'sod^{꼴보기 싫은 놈}'와 같은 욕설을 섞어 사용할 수도 있겠다.

> "It's not my fault the old sod went and got old," he said more firmly.[4]

　결론은, 문학 번역 또한 코레오그래피^{choreography}, 또는 춤과 같은 종합예술이라는 것. 끊임없이 문화예술 콘텐츠를 보고, 느끼고, 상상하고, 표현해야 하는 작업이다.

3　Fredrik Backman, *A Man Called Ove*, pp.46. trans. by Henning Koch (Atria Books, 2014)
4　같은 책, pp.192.

생생한 번역을 위한 시각화

구글 이미지 검색

기계 번역을 별로 신뢰하지 않는다고 했지만, 인터넷 검색 엔진, 정확히 말해 '구글'은 꽤 신뢰하는 편이다. 내가 번역할 때 종종 아이디어를 구하는 소스는 아이러니하게도 구글이다. 네이버가 사용하기 편하다면 네이버 검색도 괜찮다. 다만, 네이버는 국내 사용자 위주라서, 전 세계에서 더 많이 사용되고 정보의 양이 압도적으로 많은 구글을 활용하는 것을 추천한다.

나는 시각을 활용하는 게 편한 사람이라 습관적으로 구글 이미지 검색을 많이 한다. 아무래도 일반 문서보다는 문학이나 문화 콘텐츠를 번역할 때 시각화를 위해 이미지 검색을 활용하게 된다. 문학 작품에 나오는 색상이나 풍경 등 시각화가 필요한 내용에는 더더욱 많이 사용한다.

작품을 쓴 작가가 섬세하면 섬세할수록 묘사 또한 정교해진다. 아무리 상상력을 총동원해도 작가의 묘사를 따라가거나 장면을 구현해 내기 어렵다면, 구글 이미지 검색을 추천한다. 인물이 어떤 색상의 옷을 입었는지, 그를 둘러싼 배경은 어떤지, 실내 인테리어는 어떤 분위기이며 벽지는 어떻고 카펫에는 어떤 문양이 들어갔는지……

보통 작품 초반부에 인물이 처음 등장할 때 그가 어떤 체격에, 이목구비는 어떠하며, 헤어스타일은 어떻다는 식의 소개가 빠짐없이 나온다. 그런데 가끔 제대로 머릿속에 인물의 모습이 그려지지 않을 때가 있다. 그럴 땐 구글 이미지 검색을 통해서 어떤 사진들이 나오는지 직접 확인해 본다.

언젠가 '까까머리'라는 단어를 보고 이미지가 즉시 떠오르지 않아, 구글 이미지 검색으로 나온 사진을 보고 '아 맞다~ 이런 머리!' 하고 감을 잡은 기억이 있다.

떠오르는 영어 표현이 있다면 바로 써먹으면 가장 좋겠지만, 그게 아니라면, 어떠어떠한 머리 스타일이라고 영어로 풀어서 구글 이미지 검색을 한다.

소설을 번역하던 중 마주한 여주인공이 입은 원피스 컬러가 궁금해 구글 이미지 검색으로 영어로 된 각종 컬러차트를 확인한 적도 있다. 그런데, 찾고 있던 정확한 색상을 컬러차트에서 발견했다고 해서 '이거다!' 하고 그 단어를 곧바로 사용하는 건 '비추'. 특히 처음 보는 생소한 표현을 바로 쓰는 건 금물! 단어를 선택하기 전, 우선 일차적으로 이 단어를 친구에게나 실생활에서 쓸 법한 단어인지 생각해 본다. 그리고 번역에 써먹기 전에 그 단어가 일상적으로 많이 사용되는 단어가 맞는지 구글 검색을 통해 재차 확인한다.

결론은, 구글과 친하게 지내자!

의성어와 의태어의 향연

시끌시끌 웹툰 번역

나의 웹툰 번역 데뷔작은 19금 성인 웹툰, 그것도 'BL'[1]
이다(번역이 아니었다면 접하지 못했을 장르). 성인 유료 웹
툰 기업과 계약을 맺고 내가 처음으로 번역한 웹툰 작품
이었는데, 스토리보다는 침대에서 이루어지는 행위와
의성어, 의태어들을 그에 맞는 영어로 하나하나 정확히
옮기느라 진땀을 뺀 기억이 난다.

번역이라기보다는 잠자리에서 사용되는 의성어, 의
태어를 회사에서 전달해 준 마스터 파일에서 찾아 그에
해당하는 영어 단어로 옮기는 일이 대부분이었다. 기계
적으로 키보드의 Ctrl + C, Ctrl + V를 반복적으로 눌러
서 필요한 단어를 찾으며, 과연 이것은 웹툰 번역인가

---

1 '보이즈 러브'의 약어로, 남성 동성애를 그린 장르를 말한다.

기술 번역인가, 나는 이렇게 기계가 되어가는 건가, 프리랜서로 일한 이래 처음으로 일에 대한 회의를 느꼈다.

나중에는 낯 뜨거운 줄도 모르고 '쪽쪽'이나 '쑥', '퍽' 등의 의성어, 의태어를 'smooch', 'fwip', 'fwop'으로 반사적으로 옮기는 경지에 올랐다. 아무리 실제가 아닌 만화라지만, 화면 가득 살색인 내 노트북 화면이 누군가의 눈에 띌세라 카페 한구석에 앉아 몰래 작업하곤 했다.

그렇게 영혼 없이 몇 달을 번역하다가, 시즌 1이 끝남과 동시에 그 기업과의 거래도 끝났다. 역시 작품에 대한 애착이 없는 게 번역에서도 티가 났나 보다. '그동안 수고 많았다'는 코멘트가 내가 그 회사로부터 마지막으로 받은 이메일이다.

그 이후에는 다른 웹툰 회사로부터 번역을 의뢰받았고, 19금이 아닌, 전체관람가 작품을 번역하게 되었다. (하지만 이 또한 BL이었다는……. 다행히 그 작품은 단순히 잠자리가 전부는 아니었고, 스토리 전개가 흥미로워서 재미있게 작업할 수 있었다.)

웹툰 번역의 단점은 매주 마감을 해야 한다는 것이다. 매주 연재하는 작가들의 고통을 짐작할 수 있을 것 같았다. 따라서 웹툰 번역가 지망생은 마음을 단단히 먹어야 할 것이다. 단순히 한두 에피소드를 번역하는 것을 넘어, 장기적으로 많은 양의 번역(적게는 열 몇 편에서, 많게는 수십 편까지!)을 안정적으로 해낼 수 있어야 한다.

웹툰 번역 공부에 유용한 소스로는 영어로 된 코믹북 comic book이나 영어 웹툰 플랫폼 또는 앱이 있다. 나는 웹툰을 다양한 언어로 제공하는 '태피툰Tappytoon'에서 영어로 번역된 웹툰을 종종 본다. 네이버 웹툰을 영어로 보는 것도 도움이 되지 않을까 싶다.

개인적으로 영어로 번역된 웹툰보다는 원작이 영어인 코믹북 보는 것을 좋아한다. '가필드Garfield', '스누피Snoopy', '캘빈 앤 홉스Calvin and Hobbes' 시리즈 등 어릴 적 보던 영어 만화책이 집에 있어서 웹툰 번역을 하다가 막힐 때 보면서 의성어와 의태어를 참고한다.

넷플릭스와 같은 OTT 서비스로 영어로 된 만화를 보기도 하는데, 영어 자막을 켜고 보면 도움이 많이 된다. 인물들이 내는 다양한 의성어들의 철자를 확인할 수 있어서 좋다.

최근에 본 애니메이션 중 몇 가지만 추천해 보겠다. 엉뚱하고 코믹한 애니메이션을 좋아한다면 「밥스 버거스Bob's Burgers」(한때 일부 에피소드의 자막을 직접 번역하면서 알게 되었다)를, 순수하고 귀여운 걸 좋아한다면 「위 베어 베어스We Bare Bears」를, '엽기 발랄'을 찾는다면 「핀과 제이크의 어드벤처 타임Adventure Time with Finn & Jake」을, 블랙 코미디나 19금 성인 비속어를 접하고 싶다면 「보잭 홀스맨BoJack Horseman」을 추천한다. 취향에 따라 골라서 시청해 보기를!

문화를 옮겨요, 그래픽 노블

창의력은 플러스 요인

의미와 감성 전달이 중요한 '문화 콘텐츠 번역'은 일반 문서 번역에 비해 의역이나 창의력을 발휘하는 '트랜스크리에이션'이 많이 허용—오히려 장려!—된다. 일반적인 기술 문서는 단어 하나하나를 '단어 대 단어word-for-word'로 직역해 옮겨도 크게 무리가 없지만, 문화 콘텐츠 번역은 아니다.

때론 작품 속 주인공이나 캐릭터의 이름을 옮기는 것 자체가 만만치 않다. 특히 이름에 어떤 의미가 있는 경우, 그 느낌을 살리는 데 주력해야지 원문의 이름을 발음되는 그대로 옮기는 것은 무의미하다. 그런 면에서 문화 콘텐츠 번역은 창의력이 상당히 요구되는 작업이다.

이수연 작가님의 그래픽 노블[1] 『내 어깨 위 두 친구』
을 영어로 옮기던 때가 생각난다. 이 작품에는 '검은 녀
석'이란 표현이 반복적으로 등장하는데, 여기서 번역
시 주의할 부분은 '검은'이란 수식어다. '검은'이란 한
국어 단어는 단순히 어두침침한 검정 색상을 뜻할 뿐,
딱히 문제의 소지가 없다. 하지만 이를 영어로 직역한
'black'이란 단어는 '흑인'을 뜻할 수도 있어서 단어 사
용을 조심해야 한다.

'녀석'이란 단어를 보고 가장 먼저 떠오른 영어 단어
는 'fellow[녀석, 친구]'였다. 입말을 살려 구어체로 'fella'
라는 단어로 옮기고 싶었다. '검은 녀석'을 아무 생각
없이 'Black fella'로 번역하려 한 것이다. 다행히 감수
자가 이를 보고 흑인을 연상시킬 수 있어 위험하다고 일
러 주었다.

검은 녀석. 검은 녀석, 흐음……. 'The black guy?'
이 표현이야말로 진짜 흑인을 지칭하는 것처럼 느껴졌
다. 'Black'을 'dark'라는 단어로 바꿔도 크게 달라지
는 것 같지 않았다. 결국 머리를 더 열심히 굴린 끝에 내
가 제안한 표현은 'the black creature'다. 비록 앞에
'black'이 붙지만, 뒤에 오는 생물 또는 동물을 뜻하는
'creature'란 단어 덕분에 흑인이 연상되지 않는다고
판단했다. 다행히 작가님도 이를 받아들였고, 감수자도
별다른 이의를 제기하지 않아 이 표현이 채택되었다.

---

1 만화와 소설이 합쳐진 장르. 만화책의 한 형태이지만 소설처럼 스토리라인
이 탄탄한, 단행본 만화를 일컫는다.

이름과 관련된 에피소드는 하나 더 있다. 이 작품에는 '살구'라는 이름의 노란색 새가 등장하는데, 이름의 뜻이 "죽지 말고 오래오래 살라고 살구다."[2] 원래 이수연 작가님이 처음 제안한 이름은 'Eve'였다. 성경 속 아담과 이브의 그 이브. 생명력을 상징한다는 이유로 작가님이 제안한 이름이었다.

그런데 어쩐지 한국어 이름 '살구'와 영어 이름 'Eve'가 동일한 느낌으로 와닿지 않았다. 게다가 나는 '살구'에서 느껴지는 탐스러운 과일이나 열매 같은 느낌의 이름을 짓고 싶었다. 고민하던 중, 문득 어릴 적 친구가 해준 농담 하나가 떠올랐다.

> "올리브 둘이 길을 건너다가, 한 명이 차에 치여버렸어. 옆에 있던 다른 올리브가 깜짝 놀라서 '너 괜찮아?'하고 물었더니, 뭐라고 했게~?"

> "정답은, 'I'll live….'"
> (발음이 올리브와 비슷하다. 크크.)

작가님에게 이를 설명해 살구의 이름을 'Olive'로 제안했고, 다행히 작가님도 마음에 들어 했다. 그러고 보니, 내가 틈만 나면 방문하는 뷰티 편집숍 '올리브영'도 영어 상호가 'Olive Young'인 데다 'All Live Young with Olive Young'을 광고 문구로 내세운다.

---

2 이수연, 『내 어깨 위 두 친구』, 여섯번째봄, 2022, 126쪽.

이처럼 평소에 보고 들은 잡다한 지식이 많으면 많을수록 번역에는 큰 도움이 된다.

그러니 번역가들이여, 우리 매사에 많은 걸 접하고 느낍시다!

아이돌 멤버, 너의 이름은

K팝 콘텐츠 번역

번역가가 반드시 하고 넘어가야 하는 일 중 하나는 텍스트 속에 등장하는 고유명사들을 정확히 찾아 옮기는 것이다. 대표적으로 인물의 이름이 있다.

가끔은 인터넷 검색과 정보 조사가 번역 작업의 팔할을 차지하는 것 같다는 생각도 든다. 간단해 보이지만 의외로 오랜 시간이 소요되기도 하는 일이 바로 이 이름 찾기다. 숨은그림찾기처럼 "나 찾아봐라!"하며 나올 듯, 안 나올 듯, 애간장 태우는 공식 이름 찾기.

인터넷에 검색해 보면 바로 나올 텐데, 그게 뭐 그리 어려워? 라고 생각했다면 오산이다. 구글에 검색하면 제일 먼저 나오는 '위키피디아'나 '나무위키' 등에 의지

해선 안 된다. 인물이 소속된 단체(이를테면, 아이돌 소속사)나 공식 사이트에 표기된 이름을 찾아서 가져와야 한다.

똑같은 '영호'라는 이름이라 할지라도 이를 'Young-ho'나 'Youngho'로 쓸 수도 있고, 대문자를 넣어 'YoungHo'로 표기하거나 중간에 한 칸 띄우고 'Young Ho'로 쓸 수도 있다. 보통은 일관성을 위해 비슷한 형식으로 표기법을 통일해서 번역하는 게 일반적이지만, 인터뷰 기사나 K팝 콘텐츠를 번역할 때는 아티스트의 이름을 임의로 옮겨선 안 되고 반드시 공식 표기를 찾아서 옮겨야 한다.

특히, K팝 콘텐츠에서는 인물들의 이름 표기가 상당히 중요하다. 그도 그럴 것이, 잘못했다가는 어마어마한 팬덤을 소유한 아이돌 멤버들의 열성팬들로부터 강한 질타를 받을 테니까. 어디선가 팬들이 "우리 오빠 이름 틀렸는데요?!"하며 눈에 불을 켜고 달려들 것만 같다.

아이돌 그룹명의 올바른 영문 표기는 기본이고, 활동명과 본명도 정확하게 표기해야 한다. 동일한 인물인데 활동명과 본명이 다를 때는 헷갈리기 쉬우니, 번역할 때 주의해야 한다. 게다가 앞서 말했듯, 철자 표기를 소문자로 하는지 대문자로 하는지도 잘 확인해야 한다. 대부분 활동명은 전부 대문자로 표기하고 본명은 첫 글자만 대문자로, 나머지는 소문자로 쓰는 추세다.

그러니까, 번역가에게는 단순히 능숙한 언어 구사 능력을 넘어, 치열하게 검색하고 조사해서 신속, 정확하게 옮기는 능력 또한 매우 중요하다.

자 그럼, 이제 이름 검색할 준비 됐나요?

유종의 미

번역물 납품 전 필수 체크 리스트!

번역가는 철저히 보이는 결과물로만 평가를 받는다. 번역에 얼마나 많은 시간을 쏟았고 얼마나 고민했는지, 그 과정에 대해서는 그 누구도 관심 없다. 그런 측면에서 이처럼 혹독한 시장이 없다!

장기 프로젝트를 맡아 오랜 시간 공들여 번역했는데, 막판에 한순간의 잘못된 판단으로 인해 그동안 들인 모든 노력이 수포가 될 수도 있다. 나는 그런 위험을 방지하고자, 번역하는 와중에 납품 전 반드시 체크하고 넘어가야 하는 사항들을 메모장에 그때그때 대충이라도 기록해 놓는 편이다. 이렇게 따로 체크 리스트를 만들지 않고 '막판에 챙기지 뭐,' 하고 안일하게 넘어갔다가는 나중에 깜빡 잊고 놓치기 십상이다.

체크 리스트는 작품마다 다르지만, 내가 마지막에 공통으로 꼭 짚고 넘어가는 부분들을 몇 가지 정리해 봤다.

1. 작품 속 인물들의 영어 이름 철자 통일하기

한국어 이름을 영어로 표기하기란 참 쉽지 않다. 그래서 한창 심취해 번역하고 있을 때는 철자를 대충하고 넘어가기 일쑤다. '미경'이란 주인공의 이름을 하루는 'Mikyoung'으로 표기했다가, 다음 날엔 'Mikyung,' 또는 'Migyung'으로, 또 그다음엔 'Migeyong'으로……. 대체 다음엔 또 어떤 기발한 표기법이 탄생할지 기대될 정도다! (따로 요청받은 이름 철자가 있는 게 아니라면, 국립국어원에서 제정한 '국어의 로마자 표기법'을 따르는 것을 추천한다. 이를 따르면, '미경'은 'Mikyeong'이 되겠다.)

이런 중구난방인 이름 표기들을 마지막에 일괄적으로 통일하지 않으면, 안 그래도 헷갈리는 한글 이름으로 정신 못 차리는 외국인 독자들은 '아니, 이건 또 누군가'하며 새로운 등장인물로 오해하기 쉽다. 그러니, 반드시 인물 이름은 제대로 잘 통일되어 있는지, 체크하고 넘어가자!

2. 문장의 주어 재확인하기

한국어 텍스트에서는 주어 생략이 일반적이다. 하지만 영어에서는 그렇지 않기 때문에, 한국어를 영어로 번역할 때 번역가가 중간중간 개입해 생략된 주어를 명시해야 하는 경우가 상당히 많다. 그런데 그 과정에서 주어를 잘못 잡아 전혀 다른 내용으로 옮기는 실수를 범할 수도 있다. 자칫 '정신줄'을 놓았다간 'He'가 'She'로, 'She'가 'They'로 잘못 옮겨지는 수가 있다.

심지어 번역하는 과정에서 시점이 '전지적 시점'에서 '일인칭 시점'으로 바뀌는 사태가 발생하기도 한다. 줄곧 '그는^{He}'이나 '그녀는^{She}'으로 묘사되어 온 글에 갑자기 생뚱맞게 '나는^I'이 등장하는 것이다! 두둥…….
따라서 글 전체를 관장하는 화자의 시점이 일인칭이 아닌 전지적 시점인지도 재확인할 필요가 있다.

3. 동일한 주어의 반복 피하기

한국어는 같은 표현을 반복하는 것을 좋아하지만, 영어는 반복을 매우 싫어한다. 영어에서 동일한 주어의 반복을 피할 수 있는 가장 쉬운 방법은 'he', 'she'와 같은 대명사를 쓰는 것이다.

예를 들어, '지민(이네) 엄마'라는 표현이 있다면, 한국어 원문의 첫 문장에도 지민 엄마, 다음 문장에도 지민 엄마라는 주어가 줄곧 반복될 것이다.

하지만 이를 모두 'Jeemin's mom'으로 번역하기보다 처음에 한 번 언급한 이후에는 'She'로 번역하는 것이 훨씬 깔끔하고 좋다. 물론, 여자 인물이 여럿 등장해 'she'가 누구인지 파악하기 헷갈리는 상황이라면, 'Jeemin's mom'이라고 명시해 주는 것이 좋다. 하지만 그런 경우가 아니라면 'she'를 쓸 것을 권장한다.

단, 애초에 성별을 모르는 상황이라면 'she', 'he'와 같은 인칭대명사 사용은 주의하자. 다음 문장을 보자.

아이가 책을 읽고 있다.

여기서 '아이'가 여아인지 남아인지 따로 성별이 언급되어 있지 않거나 필자가 의도적으로 성별을 드러내지 않은 경우, 인칭대명사를 사용하기보다 비록 조금 길고 번거롭더라도 'the child' 또는 'the kid' 등으로 번역하는 것이 좋다.

4. 시제 정리하기

과거, 현재, 미래. 영어의 시제가 한국어처럼 이렇게 단순하면 얼마나 좋을까? 하지만 영어에는 한국어에는 없는 '진행', '완료', '완료 진행'까지 포함해 무려 12개의 시제가 있다!

따라서 번역을 마무리하는 단계에서 동사의 시제를 주시하며 논리적 흐름이 어긋나는 내용은 없는지 꼼꼼히 살피자.

5. 단·복수 및 정관사 확인하기

한국어에는 없지만 영어에는 존재하는, 그래서 반드시 확인하고 구별해야 하는 문법 요소가 바로 단수, 복수다. 예를 들어, 신체 부위인 '어깨'라는 단어는 영어로 'shoulder'로 옮기기 쉬운데, 엄밀히 말해 어깨는 오른쪽 어깨와 왼쪽 어깨, 총 두 개로 이루어지므로 영어에서는 대부분 복수로 쓴다. 내가 영어로 번역한 그래픽 노블 『내 어깨 위 두 친구』의 제목도 'Two Friends on My Shoulders'다.

만일 단수로 'shoulder'라고 쓰였다면 '한쪽 어깨'만을 지칭하는 것으로 이해하면 된다.

또한, 단·복수 못지않게 중요한 것이 부정관사 'a'/'an', 그리고 정관사 'the'의 사용이다.

'I had apple.'이 아니라 'I had an apple.'이라고 써야 옳다.

그리고 여기서 한가지 꿀팁! 사람들은 대부분 '그'를 'that'으로 번역하는 경향이 있는데, (맥락에 따라 다를 수 있지만) 'that'보다 'the'를 사용하는 게 훨씬 더 자연스럽다.

6. 전치사라는 함정 피하기

영어로 번역할 때 간과하기 쉬운 또 하나의 요소는 전치사다. 그런데 이 전치사 하나만으로 전혀 다른 뜻이 될 수 있으니 주의해야 한다. 이를테면, 단순히 '앉다'라는 동사만 해도 'sit on', 'sit over', 'sit at' 등 뒤에 오는 전치사에 따라 어디에 앉았는지, 위에 걸터앉았는지, 그 느낌이 각기 다르다. 다음과 같이 'at'과 'in'의 차이 하나만으로 전혀 다른 내용이 될 수도 있다.

I'm at the hospital. 나 병원이야.
I'm in the hospital. 나 입원했어.

7. '보이다', '느끼다', '~같다'는 꼭 필요할 때만 사용하기

어떤 글을 의식적으로 자세히 살펴보면, '보이다', '느끼다', '~같다'의 표현을 꽤 많이 확인할 수 있다. 문제는, 실제로 보이는 것도 느껴지는 것도 아닌 경우다. '~같다'가 아니라 '~이다'를 뜻하면서 그런 표현을 남발한 것이다. 이는 결국 저자의 습관에 기인한 경우가 많다.

예를 들어, '다리가 가늘어 보인다'란 표현은 '다리가 가늘다'로 바꾸어도 크게 문제 되지 않는다. 가끔 번역을 하면서 '보이다', '느끼다', '~같다'와 같은 표현을 속속들이 살리고 싶은 욕심에 'seems', 'feels', 'is like'등을 남용하게 된다(내 번역 초안에는 이런 표현들이 난무한다). 하지만 '보이다', '느끼다', '~같다'란 표현 대신, 그것을 대체할 수 있는 정확한 동사를 찾아 옮기는 것이 훨씬 좋다.

나는 조금이라도 더 간결하고 세련된 번역을 위해 이런 표현들이 꼭 필요한지 생각해 보고, 넣었다 빼기를 반복하며 최대한 거르려 노력한다.

실컷 열심히 공들여서 작업한 번역물에 옥에 티를 남기지 말고, 마지막까지 차근차근 체크 리스트를 통해 유종의 미를 거두자!

Part III.

치열하고도 유유자적한 프리랜서 일상

아침부터 미드 시청

콘텐츠 번역가의 모닝 루틴

아침 8시, 알람 소리에 기상한다. 누가 뭐라 안 해도 스스로 알아서 잘 일어나고 자기관리 철저한, 나는야 전문직 프리랜서!―라고 쓰고 싶지만…… 때로는 알람을 끄고 10분, 20분, 아니 30분까지 늦잠을 자기도 한다. 10분만 더, 딱 10분만,을 몇 번 반복하다 보면 자칫 9시에 일어나는 불상사가 발생하기도 한다. 다행히(?) 9시가 넘으면 엄마가 문을 벌컥 열고 쳐들어온다.

　사실, 엄청나게 바쁜 게 아니라면 이러나저러나 크게 상관없다. 일찍 일어나면 일찍 퇴근하면 되고, 늦게 일어나면 늦게 퇴근하면 되니까. 내가 나의 사장이니, 내 마음대로, 그날의 컨디션과 업무량에 따라 그때그때 유연하게 생활해도 된다. 대개 일이 많을 때는 좀 더 일찍 일어나고(흔치 않지만, 오전 마감이 있을 때는 6시에도 벌떡 일어난다), 적을 때는 여유도 좀 부려본다. 하지만 건강하고 규칙적인 프리랜서 생활을 위해, 웬만해서는 8시 기상을 지키려고 오늘도, 내일도 노력한다.

기상에 성공했다면, 이제 부엌으로 나가 아침 식사를 준비한다. 말이 거창해서 아침 식사지, 간단하게 갓 구운 토스트에 크리미 피넛 버터를 펴 발라 먹는다. 각종 비타민을 챙겨 먹은 후(특히 눈 건강에 좋다는 루테인!), 씻고 출근할 채비를 한다. 여기까지는 비교적 평범하다. 아마 일반 직장인의 출근 준비와 크게 다를 바 없을 것이다. 중요한 건 그다음부터다.

책상으로 몸을 이끌고 가서 노트북을 켠다. 그리고 OTT 서비스에 접속해 '미드'를 본다. 엥? 잠시 눈을 의심했을지도 모르겠다. 아침부터 웬 미드? 퇴근 후 저녁에 보는 게 아니고? 이건 영어 공부를 가장한 오락이 아닐까 의심스럽겠지만, 나는 진지하다. 노는 거 아니고, 순전히 학습을 위해서 본다.

보통 카페로의 출근을 준비하며 외출복을 입거나 화장을 하면서 한 귀로 듣는 편인데, 이건 좀 집중해서 봐야겠다, 싶을 땐 멀티태스킹을 피하고 오롯이 책상에 앉아 화면을 보며 시청한다.

문화예술 콘텐츠 번역의 핵심은 '맛깔스러운 구어체 표현'이다. 특히 인물의 대사를 영어로 옮길 때, 실생활에서 쓰는 생생한 구어체로 표현하는 것이 중요하다. 그런데 한국에 살면서 영어로 대화할 일이 많이 없는 한영 번역가 입장에서는 아무래도 좀 불리한 것 같다. 하지만 걱정은 금물~ 구어체 영어를 손쉽게 접하고 배울 수 있는 방법이 다 있으니! 바로 미드나 영상 콘텐츠(영화, 만화, 유튜브 등) 시청이다.

외국 문화가 녹아있고 실생활 영어로 가득 찬 콘텐츠에 상시 노출되어 자연스레 영어 표현들에 익숙해지도록 하자. 구어체나 실생활 영어 표현들을 하루아침에 터득할 수는 없겠지만, 특정 표현을 달달 외우기보다는 무의식적으로 자연스레 스며드는 편이 좋다.

나는 미드를 보다가 은연중에 들은 인물들 간의 대화 속 표현을 번역에 활용한 경우가 꽤 많다. 우연도 어떻게 이런 우연이~ 내가 필요한 번역에 딱 들어맞는 표현을 만났을 때의 그 희열이란!

내가 추천하는 미드는 영어 회화 교재로도 많이 꼽히는 「위기의 주부들Desperate Housewives」, 「프렌즈Friends」, 「내가 그녀를 만났을 때How I Met Your Mother」, 「빅뱅 이론 Big Bang Theory」 등 가볍게 볼 수 있는 콘텐츠다. 개인 취향이나 관심사, 원하는 장르에 따라 그 어떤 미드(혹은 '영드'나 기타 영상 콘텐츠)도 좋다. 모든 콘텐츠가 번역의 교재다.

그렇다면 이런 콘텐츠를 어떻게 번역의 교재로 십분

활용할 수 있을까? 다음은 내가 추천하는 미드 (또는 기타 영어 영상 콘텐츠) 시청법이다.

1. 번역물과 비슷한 테마나 장르의 콘텐츠를 선별한다

모든 장르의 콘텐츠가 알게 모르게 도움이 될 수 있겠지만, 당장 번역해야 하는 작품이 있다면, 노력과 시간을 최대한 줄이기 위해 비슷한 테마나 장르의 콘텐츠를 골라서 보는 것을 추천한다. 예를 들어, 나는 연애 소설을 영어로 번역할 때, 연애를 다루는 콘텐츠를 찾다가 영화 「500일의 써머^{(500) Days of Summer}」를 봤다.

2. 영어 자막을 켜고 본다

귀로만 들어도 좋지만, 나는 생소한 표현의 스펠링 spelling을 확인하기 위해 자막을 켜고 본다. 게다가 귀로도 듣고 눈으로도 보면 내용이 머리에 더욱 확실히 각인된다.

3. 좋은 표현을 메모장에 적는다

좋은 표현들이 나올 때마다 화면을 멈추고 그때그때 메모장에 받아 적는다. 이때 문장 단위로 받아 적는다. 여유가 된다면 엑셀 파일로 번역 표현집을 따로 정리해 두자. 이렇게 하면, 나중에 필요할 때 쉽게 찾아볼 수 있다.

사실, 나도 이 세 가지를 늘 지키면서 시청하는 건 아니다. 때론 그냥 재미로 보고 싶은데, 자막을 눈여겨 보고 좋은 표현까지 적자니 골치가 아프다. 그럴 땐 그냥 편하게 보자. 아무 생각 없이 본(심지어 귀로만 들은!) 미드 속 표현을 언제, 어떻게 써먹을 수 있을지 모른다.

그러니 절대 '아침부터 미드시청'을 우습게 알지 말기를!

칭찬은 프리랜서를 춤추게 한다

나만 보는 칭찬 폴더

흔히 직장인들은 매월 25일 월급일만을 기다리며 월급을 동력 삼아 일한다고들 한다. 그렇다면 나처럼 고정된 월급이 없는 프리랜서는? 치열한 프리랜서 생활을 버틸 수 있게 해주는 원동력은 대체 뭘까?

크게 떼돈을 버는 데도 그다지 관심 없는(!) 나는 (물론 돈이야 너무 좋지! 하지만 그만큼 몸이 축나고 싶지 않으므로……) 클라이언트 또는 함께 일하는 분들의 긍정적인 피드백을 동력으로 삼아 하루하루 노동한다.

클라이언트의 피드백을 캡처해 본인의 SNS에 올려 자신의 업적을 홍보하는 사람들도 많다. 하지만 어쩐지 일하는 과정에서 서로 주고받은 내밀한 커뮤니케이션을 만천하에 공개하기란 낯 뜨거울 뿐 아니라 클라이언트와의 솔직한 커뮤니케이션에 오히려 방해될 것 같다. 그래서 소심한 나는 긍정적인 피드백이나 칭찬을 받고 나면 개인 소장용으로 슬~쩍 핸드폰 화면을 캡처해 놓는다(그 아무리 아주 사소한 것일지라도).

그리하여 모인 가지각색의 칭찬 퍼레이드. 문자, 카톡, 이메일, SNS 댓글 또는 DM. 클라이언트든 지인이든 누가 보냈는지 가리지 않는다.

"급박한 일정으로 요청한 번역을 순조롭게 진행해 주셔서 감사합니다", "덕분에 무사히 승인받을 수 있었습니다", "어려운 맥락이 많았는데 어떻게든 대안을 지혜롭게 찾아주시고 명쾌하게 코멘트해 주셔서 도움이 많이 됐습니다", "사투리와 로컬 특성이 많았는데 섬세하게 번역 작업 해주셔서 감사해요", "선생님이 번역을 맡아준 덕분에 더욱 정확한 용어로 자료를 전달할 수 있었습니다" 등 어느 하나 놓치지 않고 모두 모아 놓는다.

"역시 이 책을 선생님께 의뢰해 드리기 잘한 것 같아요" 또는 "선생님과 수정하면서 작업하니 글이 정리되는 것 같아 너무 좋습니다"와 같은 코멘트는 번역가에게 최고의 찬사다! "번역가님과 자주 소통하고 웹툰 번역을 깔끔하게 잘해주셨던 것이 기억에 남아 연락드린다"며, 퇴사하면서 마지막 이메일을 보내준 담당자도 있었다. (으아아 감동……!)

이런 내용들 모두 다 놓치지 않고 그 순간에 바로 캡

처 캡처!해서 나만의 '칭찬 폴더'에 쏙~ 집어넣는다. 그리고 왠지 우울하거나 힘든 날, 일을 하다가 내 실력에 대한 의구심이 들 때면 핸드폰 사진첩의 칭찬 폴더에 들어가 주옥같은 칭찬을 하나하나 찾아 읽어본다.

그러니 클라이언트님들, 좋은 말, 칭찬은 언제 어떻게든 마음껏 남발하셔도 좋습니다!
(빈말이어도 좋고요. 크크.)

함께라서 좋은 '코워킹 데이'

일을 빙자한 친구와의 카페 타임

　　　　　"혼자 일하면 외롭지 않나요?"

　　　　"아뇨, 저는 워낙 외로움을 잘 안 타서요~"

라고 말하곤 했는데, 프리랜서로 일한 기간이 한 해 두 해 길어질수록, '나도 동료가 있었으면,' 하는 생각이 스멀스멀 올라온다. 그러던 어느 날, 새로운 시스템을 도입했다. 매주 금요일은 (동료 번역가와 내가 약속한) '코워킹 데이*coworking day*'!

　언젠가 에세이 『프리랜서로 일하는 법』을 읽다가 동료 프리랜서들끼리 매주 금요일 오후에 만나 함께 일하는 작업 모임[1]에 대해 알게 되었다. 옳거니, 이거구나! 어디 한번 따라 해 봐야지, 하고 프리랜서 친구에게 곧바로 연락을 취했다.

1　이다혜, 『프리랜서로 일하는 법』, 도서출판 유유, 2021, 137쪽.

그렇게 시작된 프리랜서 친구와의 코워킹! 강남의 한 카페에서 만나 각자 할 일을 한다. 보통은 대형 프랜차이즈 카페 몇 군데를 정해서 하루는 여기, 다른 날은 저기, 돌아가며 방문하는데, 가끔은 기분 전환도 할 겸 분위기 좋은 카페를 검색해 도전해 본다. 그랬다가 너무 시끄럽거나 추워서 일할 계획은 말짱 도루묵으로 돌아간 적도 몇 번 있지만……

어찌 됐든, 일주일 내내 혼자 일하는 것보다 하루쯤은 새로운 장소에서 친구를 옆에 두고 약간의 긴장감을 가진 채 일하는 게 딴짓도 덜 하게 되고, 두뇌 모드 전환에도 좋다(고 믿는다).

각자 바쁠 때는 한주씩 건너뛰기도 한다. 그러다가 오랜만에 만나면 반가운 마음에 폭풍 수다를 떨고 싶어 입이 근질근질하다. 다행히 묵묵히 제 할 일 잘하는 친구 덕분에 나도 민폐 끼치지 말아야지, 다짐하며 다시 내일에 집중하려 노력해 본다.

때론 번역을 하다가 너무 막막해 친구에게 의견을 물어보기도 하고, "혹시 이런 건 어때?"하고 조언을 구하기도 한다. 그러다 결국 나의 수다가 봇물 터지듯 쏟아진다.

대개는 내가 친구에게 징징거리거나 일의 어려움을 토로하고(미안하다 친구야), 나보다 한참 어리지만 의젓한 친구는 내 말을 가만히 잘 들어준다(고맙다 친구야).

사실상 매주 금요일은 '코워킹'이라기보다는 일주일 중 비교적 느슨하게 일하는 날이라 할 수 있겠다.

TGIF!

정해진 월급일은 딱히 없지만

프리랜서의 돈, 돈, 돈

내게는 매일 같이 들락거리는 마스터 파일이 하나 있다. 파일명은 '2023년 급여.xls'(매년 새해에 새 파일을 만든다).

보통 어떤 일을 의뢰받으면, 가장 먼저 이 파일을 연다. 그리고 번역 의뢰일, 마감일, 마지막으로 번역료 지급일까지 모두 기록해 놓는다. 물론, 대망의 번역료까지도.

직장인들이 매월 25일에 고정적으로 월급을 받는 것과 달리, 프리랜서는 월급일이 딱히 정해져 있지 않다. 가끔 어떤 클라이언트는 한 달간 진행한 건들을 모두 취합해 매월 25일에 급여를 지급해 준다. 하지만 나는 주로 작품이나 프로젝트 단위로 일을 맡기 때문에 클라이언트마다 규정이 모두 다르고, 번역료 지급일이 제각각이다. 대개는 클라이언트가 일을 의뢰할 때 예상 번역료 지급일도 미리 알려주는 편이지만, 아무런 언급이 없을 때 내가 역으로 먼저 물어봐야 한다.

돈 얘기는 언제나 쉽지 않지만, 언제쯤 지급되는지, 최대한 공손하고 격식 있는 말투로 물어본다. 그리고 답변을 받으면 곧바로 내 엑셀 파일의 '번역료 지급일' 칸에 적어 놓는다. 그리고 열심히 번역에 매진해 작업물 납품을 완료하면, 번역료 지급일만을 손꼽아 기다린다.

가끔 예상 번역료 지급일이 지나도 깜깜무소식일 때가 있다. 이런 땐 며칠 정도 뜸 들이며 기다려보다가, 민망함과 번거로움을 무릅쓰고 클라이언트에게 연락을 취한다. 아직 번역료가 지급 안 됐는데 확인 부탁드린다는 내용의 간략한 이메일을, 역시나 최대한 공손하게 쓴다.

그래도 아무런 답이 없을 땐, 최후의 수단을 쓴다. 담당자의 연락처로 전화를 건다. 보통 이 단계에서 번역료 미납 소식을 들으면, 담당자는 무척 죄송스러워한다. 그리고 확인 후에 다시 연락하겠다고 말할 것이다. 다행히, 지금까지는 클라이언트가 확인 후 연락한다고 하고서는 갑자기 잠적한다거나 돈을 떼어먹은 경우는 없다.

프리랜서는 일을 알아서 척척 잘 해내야 하듯, '내 돈' 또한 알아서 척척 잘 챙겨 받아야 한다. 그래서 돈을 빠르게 지급해 주는 클라이언트가 그렇게 고마울 수가 없다! (선불이면 더 좋고요!)

하지만 정해진 월급일이 없다고 해서 마냥 나쁜 건 아니다. 다양한 수입원에서 급여를 여러 번 받다 보면, 어떤 달은 평소보다 배로 벌어들이기도 한다. 대개는 자잘한 월급을 여러 번 받는 식이지만, 아주 가끔은 큰 덩어리의 돈이 모이고 모여 (또는 밀리고 밀려……) 뜻밖의 거금을 거둬들인다. 이런 '대박 달'에는 그동안 고생 많았으니, 다음 달은 조금 쉬어가 보자며 여유도 부려본다.

아 맞다. 그러고 보니, 번역료 한 건을 아직도 입금 못받았네! 내일 잊지 말고 독촉 메일 써야겠다…….

프리랜서로 돈 벌기가 이렇게나 힘들다!

SNS 셀럽은 아니지만

인터뷰집에 실렸습니다

"여러분, 이제는 가짜가 진짜를 넘어섰어요!"

언젠가 유튜브를 보다가 충격적인 발언을 들었다. 한마디로 온라인상에서나 겉으로 그럴싸해 보이는 사람이 진짜 실력자를 이기고 활개 치는 상황이 되었다고…….오 마이 갓김치!

　한때는 SNS가 시간 낭비, 인생 낭비로 여겨지곤 했다. 하지만 이제는 전혀 다른 분위기다.

　장기적으로는 어떻게 될지 모르나, '포장'의 중요성을 실감하게 되었다. 그래서 꾸준히 내가 한 일, 번역하면서 힘들었던 일, 자질구레한 감정들까지 모두 일기처럼 SNS에 기록했다. 주로 #영어 #번역가 #번역 #영상번역 #문학번역 #웹툰번역 #문화예술 #통번역사 등의

해시태그를 일관되게 사용했다. 그랬더니 웬걸, 정말로 내게도 SNS를 통한 예상치 못한 기회가 찾아왔다!

언젠가 통역사 지인이 『올 어바웃 통번역사』라는 통·번역사 인터뷰집에 참여했다는 SNS 포스팅을 본 적이 있는데, 그 책을 만든 작가가 같은 컨셉의 두 번째 인터뷰집(『올 어바웃 통번역사 2 | 척하지 말고 살아갈 궁리』)을 준비 중이라며 내게 연락을 취해왔다. 아마 지인의 팔로워를 타고 내 계정에 들어왔거나, 검색어로 나를 찾은 것 같았다. 작가는 유명 셀럽보다는 자기 자리에서 열심히 하루하루 주어진 일을 해나가는 통·번역사들을 대상으로 인터뷰하는 게 이번 책의 취지라며, 내가 통역과 번역을 균형 있게 골고루 하는 것으로 보여 인터뷰이 적임자로 판단했다고 설명했다.

그렇게 해서 첫 미팅을 진행하고, 계약하고, 오프라인 인터뷰에 응하고, 전사한 내용을 확인하고 여러 차례 편집한 후, 마침내 텀블벅 모금과 작가(인터뷰어)의 추가 사비를 통해 나의 첫 인터뷰집이 탄생하게 되었다. 판매량은 모르겠고, 오히려 내가 이따금 교보문고에서 구매하곤 한다. 내 커리어를 정리한 그 책이 이력서와 같은 역할을 하는 덕분에, 종종 새로운 클라이언트를 만나면 내 홍보 수단으로 활용하기도 한다.

SNS를 통한 새로운 기회는 그게 다가 아니다. 몇 년 전에는 한 대기업 콘텐츠 제작 PD로부터 웹툰 번역 수업을 요청받았다. 그리고 그때부터 지금까지, 약 3년째

격주로 강의를 진행하고 있다.

그 외에도, (작업료와 일정이 안 맞아 결국 불발되긴 했지만) 유명 애니메이션 회사라든지 단편영화 제작자로부터 번역 의뢰요청을 받았다. 단순히 개인이 아닌, 이런 큰 기업들조차 SNS를 통해 나를 컨택한다는 사실이 놀랍고 신기했다.

한 온라인 매체에서는 내게 (통·번역) N잡러 인터뷰를 제안하기도 했다. 당연히 나는 그에 응했고, 요즘도 내 한글 이름과 직업('통·번역사 이지민')을 검색하면 그 인터뷰 기사가 가장 먼저 나온다.

이렇게 인터넷상에 내 존재와 이력을 하나둘씩 뿌려놓고 있다.

물론, SNS로 인한 폐해도 있었다. 오프라인에서는 나와 잘 지내던 지인이 있었는데, 배울 점이 많아 내가 무척 소중하게 여기던 친구였다. 그런 그가 어느 날 잔뜩 성이 나 누군가를 공격하는 글을 공공연히 본인의 SNS 계정에 올렸고, 설마 그게 나일까, 왠지 조금 불길한 예감이 들긴 했지만, '아니겠지, 내가 요즘 좀 예민해진 거겠지……' 하며 찜찜한 마음을 애써 누르고 지나갔다.

그러던 어느 날, 우연히 내가 그 친구로부터 SNS 차단을 당해버린 걸 알게 되었고, 용기를 내 직접 연락해 물어봤더니 역시나 그 포스팅의 타깃은 나였음이 밝혀졌다. 포스팅도 포스팅이지만, 사실 여부도 모르면서 덩

달아 욕하며 편들어주는 팔로워의 댓글과 친구의 '대댓글'은 너무나도 충격적이어서 지금 다시 생각해도 치가 떨린다.

처음엔 나도 웬만하면 적을 만들고 싶지 않은 마음에 "오해가 있었다면 미안해"라고 말했다. 사실, 나에 대해 왜 그런 생각을 하게 되었는지 하나하나 물어 오해를 풀고 싶었다. 하지만 그로부터 돌아오는 전혀 딴 사람이 된 것 같은 날카로운 말투에, 결국 나를 미워해서 저러는구나, 뭘 해도 어쩔 수 없겠다는 결론을 내렸다.

그 일은 내 마음을 한참 동안 괴롭히고 영혼을 피폐하게 만들었지만, 끝에는 전부 묻어버리고 나의 억울하고 힘든 마음도 내려놓았다. 그리고 그와의 인연 또한 놓아 버렸다. 모두가 나를 좋아할 수 없음을, 모두와 잘 지낼 수는 없음을 인정하게 된 사건이었다.

그 밖에도 나는 포스팅 댓글에 제때 답변을 달지 않았다가, 음식 사진을 올렸다가, (그리고 가장 슬프게도) 내 얼굴이 크게 나온 사진을 올렸다가 '언팔'을 당했다.

앞으로 또 어떤 일들이 펼쳐질지 모르는 온라인 세상이지만, 그럼에도 계속해서 나의 굴곡진 여정을 기록해 나가 볼 생각이다.

하늘에서 일감이 뚝?!

프리랜서와 뜻밖의 일감들

가끔 프리랜서 일감은 대체 어떻게 구하냐는 질문을 받는다. 이 책 제작을 위해 SNS에 [번역가에게 물어보세요] 설문을 진행했을 때도 "관련 분야에 대한 일감은 어떻게 구하시나요?"라는 질문을 받았다.

영업 비밀이라서 숨기려는 게 아니라, 나는 정말이지 알 수 없는 다양한 경로로 뜻밖의 일감을 받곤 한다. 그래서 하늘에서 일감이 뚝 떨어지는 것 같다는 생각도 이따금 한다(하느님, 감사합니다!).

프리랜서가 일감을 구하는 방법이 딱 정해져 있는 건 아니지만, 지금껏 내가 경험한 몇 가지 사례들을 공유해 보겠다.

1. '시작은 미미했으나' - 취업 사이트

아마 대부분의 프리랜서가 그렇듯, 나의 첫 프리랜싱 시작도 취업 사이트를 통해서였다. 통·번역 기술을 공부하고 연마하기도 전에 대학에서 아마추어로 한 통·번역 아르바이트를 제외하면, 나의 첫 정식 '프리랜서 데뷔'는 통번역 대학원 재학시절 중에 이루어졌다고 말할 수 있다.

그때를 되돌아보면, 끝없는 과제와 통역, 번역에 대한 가차 없는 피드백으로 지친 데다가 자존감도 바닥을 쳐, 과연 내가 학교 밖 시장에서는 어떤 평가를 받을지 궁금했다.

그래서 대학교 및 대학원 취업 포털 사이트(아마 일반 취업 사이트와 비슷한 공고가 올라오는 것 같다)를 들락거리며 아르바이트 자리를 알아봤다.

평소에 관심 있고 많이 접하는 분야가 문화예술이다 보니 자연스레 문화예술 분야의 구인 공고를 눈여겨봤고, 어느 통·번역 행사 공고를 보고 지원해, 서류 전형과 면접을 거쳐 첫 일감을 구하게 되었다.

다행히 그때 행사가 성공적으로 끝나, 담당자로부터 참가자들의 피드백이 좋았다며 감사하다는 인사를 받았다. 담당자는 프로젝트가 끝나고 나서도 내게 연락해 그다음 해에도, 그리고 그다음 해에도 업무를 의뢰해 주었다.

그리고 그 당시 함께 일하며 알게 된 동료가 마침 문화예술단체에 취업해, 번역이 필요할 때마다 내게 연락을 주었다. 그 이후에 다른 단체로 이직해서도 감사하게 나를 불러주었고, 덕분에 내게는 새로운 클라이언트가 하나둘씩 생겨났다. 그렇게 나는 졸업 전부터 일을 하게 되었고, 자연스레 프리랜서 시장에 발을 들여놓게 되었다.

그러니까 "프리랜서 해야지!"하고 당차게 일을 시작했다기보다, 나도 모르게 어느덧 스르륵 시장에 흘려보내진 것.

이제는 취업 포털 사이트의 ID와 비밀번호도 가물가물하고, 마지막으로 사이트에 접속한 게 언제인지도 모르겠다. 신기하게, 그 후로는 쭉 내가 일을 찾아 나서기보다 클라이언트들이 나를 찾아왔으니!

2. 지인 찬스

프리랜서로 일하다 보면 '느슨한 연결'의 중요성을 인식하게 된다. 정작 나와 정말 친하거나 가깝게 지내는 사람들보다 오히려 한 다리 건너 아는 사람, 즉 지인의 지인을 통해 일감을 얻는 경우가 더 많다.

한 인맥은 대학 시절로까지 거슬러 올라간다. 나는 그 당시 유행이던 '취업 전 인턴 경력 쌓기'를 위해 대학을

휴학하고 주한미국상공회의소^{AMCHAM}에서 첫 인턴을 했다. 그때 다른 건 몰라도 영어로 글 쓰는 것에는 나름의 자신이 있었기 때문에 자연스레 퍼블리케이션^{Publications} 부서에 지원해 일하게 되었는데, 일 자체보다도 동료 인턴들(대부분 언니, 오빠 들이었다)과 어울려 지내는 게 재미있었다.

그로부터 워낙 많은 시간이 흘러, 그 당시 친했던 동료들과는 자연스레 연락이 끊어졌다. 그래도 내가 통번역 대학원을 졸업하고 프리랜서로 일하고 있다는 사실은 SNS를 통해 알려진 것 같았다. 인턴 때 친하게 지낸 한 오빠가 '친동생이 새로운 회사로 이직했는데 번역할 사람이 필요하다'면서 오랜만에 연락해 왔다. 그렇게 처음으로 지인 소개를 받게 되었다. 처음에는 샘플 번역 테스트를 했고, 기존 번역물에 비해 내 번역이 좋았다는 평가를 받아 여러 브랜드 담당자를 소개받게 되었다.

그 밖에, 대학원 재학시절에는 마케팅과 통역 경력이 있다는 이유로 지인으로부터 어느 기업 수출팀의 임원을 소개받아 영어 피칭^{pitching}을 도와드린 적도 있다. 감사하게, 그분은 그 후로도 번역이나 통역 업무가 필요할 때마다 나를 찾아주셨고, 지금은 나의 가장 오래된 클라이언트가 되었다.

3. 믿고 맡겨주는 든든한 공공 단체

우연히 SNS 홍보물을 보고 문체부 산하에 있는 공공단체 '한국문학번역원'의 '문화 콘텐츠 번역가 양성 과정'에 지원해 (등록비를 제외하면) 거의 무료로 수강하며 한국 영화와 웹툰 등을 번역하는 기술을 배웠다.

당시 일과 병행하느라 퇴근 후 시간을 짜내서 힘들게 수강했는데, 끝나고 나니 하길 정말 잘했다는 생각이 들었다. 장르가 적성에도 맞고 재미있어 열심히 참여하고 과제도 빠짐없이 제출했더니, 성적 우수 장학생으로 선발되었다. 교육 과정을 수료한 지 한참 지난 지금도 종종 한국문학번역원으로부터 웹툰이나 영화 번역 관련 일을 소개받는다. 내게는 정말 든든한 클라이언트이자 에이전시가 아닐 수 없다. 게다가 번역원은 번역가나 프리랜서에게 필요한 유용한 정보를 다루는 무료 특강도 수시로 진행한다. 덕분에 웹툰 산업이나 저작권 등 다양한 주제의 특강을 들을 수 있었다.

한국문학번역원에서 소개해 준 영화 번역을 마친 후, 작품을 만든 감독님으로부터 직접 연락받아 추가로 번역을 의뢰받은 적도 몇 번 있다. 이렇게 처음엔 한국문학번역원의 소개로 인연을 맺었다가 나중에는 나의 '고정 클라이언트'가 된 사례들이 꽤 있다. (감사합니다, 한국문학번역원! 제가 더 잘할게요!)

4. '나도 몰라' – 뜻밖의 경로

때로는 정말 뜻밖의 경로로 일감을 받기도 한다. 오

디오북 특강에 참석해 강연자에게 명함을 건네주었다가 훗날 번역을 의뢰받은 적도 있다. 따라서 모르는 전화번호라도, 걸려 오는 전화는 무조건 다 받는다(스팸 신고된 번호만 빼고).

요즘은 인스타그램 DM으로도 문의를 받는다. 워낙 의심이 많은 성격이라, 온라인으로 알게 된 사람과는 직접 일하는 것을 꺼리는 편이지만, 번역료를 선불로 받거나 계약서를 작성하고 나서 일을 진행한 경우가 몇 번 있다.

그런데 생각해 보면, 내가 운이 좋은 건 맞지만, 그렇다고 해서 아무것도 안하고 가만히 있는데 클라이언트가 절로 나를 찾아온 건 아니었던 것 같다. 나는 일하지 않는 시간에도 스스로를 알리기 위해 부단히 노력한다. 새로운 담당자를 만날 때 내 통·번역 이력이 담긴 인터뷰집을 선물로 주는가 하면, 『브런치스토리』에 번역과 관련된 글을 쓰며 셀프 PR을 끝없이 했고, 지금도 이 책을 통해 나를 알리고 있다.

지금 부지런히 씨를 뿌려놔야 나중에 알 수 없는 경로와 인연으로부터 새로운 일감을 얻게 되는 것 같다.

자, 그럼, 이제 또 어떤 씨앗을 어디에, 어떻게 뿌려볼까나!

돌고 돌아 다시 카페 행

창의력 발휘에 좋은 곳

일할 장소를 구하러 돌아다니던 때가 있었다. 몇 달간 공유 오피스, 일명 '코워킹 스페이스coworking space' 이곳 저곳을 체험하며 일해 보았다. 약 세 군데의 대형 공유 오피스를 거쳐 마지막엔 카페형 오피스까지. 분명 각각 의 장점은 있었지만, 몇 달간 출퇴근하며 일해 본 결과, 창의성을 요구하는 문화 콘텐츠를 번역하는 내게는 맞 지 않는 곳임을 깨달았다.

우선, 공유 오피스의 가장 치명적인 문제는 나 같은 개인 프리랜서에게는 오히려 '군중 속 외로움'을 유발 한다는 점이었다. 앞에서 말한 두 대형 코워킹 스페이스 의 경우, 1인 프리랜서보다는 기업이나 팀 단위로 직원

들이 함께 입주해 있었다. 나는 집이나 카페에서 일하면서는 겪지 못한, 군중 속 외로움을 처음 느끼게 되었다.

팀 단위로 앉아서 "팀장님, 여쭤볼 게 있는데요"하며 대놓고 큰 소리로 물어보거나, 아예 그 자리에서 본격적으로 회의를 하는 사람들도 있었다. 일하다 사이사이에 시시껄렁한 잡담까지 나눴다. 바로 옆자리에 앉은 내가 버젓이 듣고 있다는 걸 알 텐데, 거리낌 없이 이런저런 이야기들을 들려주었다. 결국, 이어폰을 끼고 안 들리는 척할 수밖에 없었다.

두 번째 문제는 집중력 저하였다. 앞에서 언급했듯, 통번역 대학원에 진학하기 전, 일반 사무직 직장인으로 몇 년간 일한 경력이 있는 나는 매일 사무실로 출퇴근하던 때를 종종 떠올리며, 대체 예전에는 어떻게 회사에 다녔는지, 어떻게 하루 종일 한 공간에서 근무할 수 있었던 건지 곰곰이 생각해 봤다. 그리고 내린 결론은, 그 당시에 했던 사무직 일과 지금 하는 번역일은 업무의 성격이 전혀 다르다는 것.

회사에서 근무할 때는 이따금 거래처와 전화 통화도 하고, 상사에게 가서 보고하거나 조언을 구하기도, 중간중간 옆자리에 앉은 동료와 가벼운 잡담을 나누기도 했다. 하지만 프리랜서 번역가로 일하는 지금은 노트북을 앞에 두고 텍스트와 단둘이 씨름해야 하는 경우가 대부분이다. 한치의 오타나 잘못된 단어 선택도 용납될 수 없는 섬세한 작업을 해야 하므로, 보다 깊고 강력한 집중력이 요구된다. 게다가 번역 중에서도 문화 콘텐츠 번역은 다른 텍스트에 비해 창의력이 많이 요구되는 일이다. 단순 반복이나 기계적인 일보다는 번뜩이는 아이디어나 기발한 표현력이 중요한 경우가 많다.

두세 곳의 공유 오피스 근무를 거치고 나서야 비로소 내가 하는 종류의 일은 사무실처럼 구역이 나뉘어져 있는, 획일화된 공간에서 하기에는 좋지 않음을 깨달았다. 창의성을 발휘해야 하는 문화 콘텐츠 번역가에게 사무실이라는 공간은 매우 답답하게 느껴진다.

그렇게 결국 다시 돌아와 정착한 업무 장소는 카페. 대개는 집 근처의 대형 프랜차이즈 카페를 가고, 때론 기분 전환을 위해 언젠가 SNS에서 보고 저장해 둔, 분위기 있는 카페로 찾아가 일하기도 한다.

물론, 카페 한 곳에 오래도록 자리 잡고 앉아 일하기에는 한계가 있다. 달랑 커피 한 잔 시켜 놓고 터를 잡고 있으면 카페주인에게 눈치가 보이기도 하고, 한자리에 계속 앉아있으면 집중력이 떨어지기도 한다. 가끔 자리를 잘못 골라잡는 날엔 오전부터 떠들썩하게 수다 떠는 젊은 아줌마 무리를 만나기도 한다. 그런 날엔 이어폰을 끼고 일하다가 결국 얼마 못 가 계획보다 일찍 자리에서 일어난다.

나는 오전에는 카페에서 일하다가 오후에는 도서관이나 집으로 이동해 마저 작업한다. 언젠가 방송인 타일러가 프리랜서 생활 루틴을 공유한 유튜브 영상을 본 적이 있는데, 그 또한 한 곳에서만 일하기보다는 하루에 장소를 몇 군데 옮겨 다니며 일하는 게 더 효율적이라고 했다.

요즘 커피값이 너무 올라서 김밥 한 줄보다 더 비싼 커피도 많다. 그래서 누군가에게는 이렇게 매일 카페에서 커피를 마시는 게 사치로 보일 수도 있을 것 같다. 하지만 내 경우, 카페에서 커피 한 잔 마시며 일하는 게 공유 오피스를 가거나 따로 일하는 공간을 구하는 것보다 훨씬 가성비 있다.

커피값 아끼겠다고 집에서 끙끙거리며 집중 못하고 번역 진도 밀리는 것보다야 돈을 조금 쓰더라도 제대로 집중해서 업무를 하는 편이 훨씬 낫다고 생각한다. 집 밖으로 나와 카페에서 기분 전환도 하고 커피 한잔의 행복도 느끼고. 5천 원 후반(때론 6천 원, 심지어 7천 원!)의 커피값이 결코 아깝지 않다.

공유 오피스를 이용하거나 개인 사무실을 임대하려면 아무리 못해도 한 달에 최소 30만 원은 들 텐데, 카페에서 커피를 하루에 한 잔씩 매일, 주 5회 마시고 한 달에 20일 일한다고 치면(실제로는 매일 카페를 가지는 않는다), 기껏해야 10만 원 안팎이다. 이보다 더 가성비 좋은 오피스는 없다. 게다가 커피값이 아까워서라도 강제로 집중하게 되는 효과까지 있으니!

누군가에게는 휴식을 취하거나 여유롭게 수다 떨기

좋은 카페. 내게는 업무를 하기에 더없이 좋은 공간이
다.

혼자인 듯 혼자가 아닌

You Are Not Alone

'*You are not alone.*'

마이클 잭슨의 노래로도 유명한 이 표현을 참 좋아한다. '당신은 혼자가 아니야'라는 말이 어쩐지 따뜻한 위로가 된다.

'난 혼자가 아니야.'

일을 하다가도 종종 되새긴다.

카페를 전전하며 노트북을 앞에 두고 혼자 일하고, '혼밥'을 하다 보면 종종 따뜻한 경험을 하게 된다. 보통은 제일 만만한 게 동네 카페, 동네 음식점인지라, 특별한 약속이나 별다른 일정이 없는 평일에는 동네 여기저기를 보부상처럼 짐을 '이고 지고' 돌아다닌다. (매번 사무실을 옮겨 다니기 때문에 노트북 컴퓨터, 마우스, 책, 수첩

등의 잡동사니와 함께 이동해야 한다.)

이렇게 혼자 일하거나 밥 먹는 모습이 짠해서인지, 자주 오는 단골이라고 내심 챙겨주는 건지는 모르겠지만, 종종 가게 사장님들로부터 뜻밖의 챙김을 받곤 한다. 사소한 '서비스'로 감동받은 게 한두 번이 아니다.

언젠가 식사 메뉴도 파는 동네 카페에서 쌀국수를 시켜 먹으며 '보통 이런 데선 음료까지 시켜야 하는데' 하며 눈치를 보는데, 갑자기 사장님이 서비스로 드립 커피(!)를 내오셨다. (실은 이미 다른 카페에서 한 잔 마시고 왔는데⋯⋯. 결국 이날 커피를 두 잔이나 마시고 밤에 잠을 설쳤다.)

그 사장님은 여름에 제철 과일인 '딱숭아'와 크루아상을 예쁜 그릇에 담아 '서비스'라며 쉬크하게 건네주시기도 했다. (복숭아는 많이 먹어봤어도, 딱숭아는 그때 처음 맛봤다!)

하루는 「나는 솔로」를 보다가 급 짜장면이 당겨 중국집에 가서 짜장면 한 그릇을 시켜 먹는데, 갑자기 주인 아주머니가 다가오더니 쿨하게 "서비스예요~"하며 탕수육 네 조각(!)이 담긴 앞접시를 건네주고 갔다. '아니 이게 웬 떡~ 짜장면을 시켰는데 탕수육이 서비스?!' 이래도 되나⋯⋯ 하면서 날름 받아먹었다.

서울 시내에 나갔다가 우연히 가게 된, 새로 오픈한

어느 캐릭터 카페에서는 인테리어가 예뻐 찰칵찰칵 카메라에 담다가 주문한 커피를 받으러 갔는데, 사장님이 자주 오라면서 무료로 텀블러(!)를 주셨다. 아마 내가 사진 찍는 모습을 보고 SNS에 가게 홍보 포스팅을 할 거로 생각한 게 아닐까 싶다.

또 다른 한 카페에서는, 사장님이 무심코 4인용 테이블에 앉은 내게 2인용 테이블로 옮겨달라고 요청하더니, 카페 이용은 최대 3시간까지만 가능하다며 이런저런 눈치를 주었다. 그런데 그런 그마저도 카페라떼 한 잔 시키고 떡하니 자리 잡아 노트북을 두드리고 있는 내게 갑자기 다가와서는 따뜻하게 "이거 드세요"하며 귤 하나를 건네주었다. 그리고 불친절한 사장이라는 첫인상을 완전히 뒤집었다.

동네 샌드위치 숍에서는 커피와 샌드위치 세트를 시키며 매번 인사하던 주인 할아버지가 'A세트'(샌드위치와 커피로 구성된 런치 세트로, 샌드위치 크기가 비교적 작다)를 'B세트'처럼 커다란 샌드위치를 내오는 바람에, 모처럼 간단히 먹어보려 한 나의 계획은 수포로 돌아갔다. 커다란 샌드위치와 커피를 다 마시느라 다이어트는 물 건너갔다고 한다(하핫).

아아, 그리고 보니 이런 사례들 모두 감사하다고 SNS에 인증하고 홍보라도 해야 마땅한 건데. 지금까지 게으름을 핑계로 포스팅을 미루고 있는 배은망덕한 나란 사람⋯⋯. 언젠가는 꼭! 잊지 않고 포스팅하겠습니다.

세상엔 따뜻한 사람들이 참 많다.

'절대 지켜!'
마감과 그날의 '투두 리스트'

대체 혼자 어떻게 일하고 시간 관리는 어떻게 하냐,는 질문을 종종 받는데, 딱히 정해진 규칙이 있는 건 아니다. 물 흐르듯, 일이 들어오면 그 일의 마감을 맞추기 위해 하루하루 살아가고, 일이 없으면 좀 쉬어가며 여유를 즐길 뿐이다.

단, 미드 시청 외 내가 오전에 꼭 지키는 루틴은 있다. 바로 그날의 '투두 리스트to-do list' 작성하기.

전날 잠들기 전에 핸드폰에 투두 리스트를 미리 적어놓기도 하지만, 대개는 당일 오전 아날로그 수첩에 그날할 일을 펜으로 적는다. 우선순위에 따라 반드시 해야하는 일을 수첩의 가장 상단에 적는다. 그리고 전날에처리하지 못한 일이 있다면, 오늘 해야 할 일로 다시 그대로 가져와서 적는다.

굳이 아날로그 수첩에 손으로 적는 이유는 '눈에 잘 보여서'다. 아날로그 시대에 학교를 다니고 아날로그 방식으로 공부해서인지, 수첩에 손으로 직접 쓰는 게 머리에 잘 들어온다. 핸드폰으로 기록하는 것보다 더 많은 시간과 노력이 소요되지만, 시스템 에러도 없고 안전하다. 마감도 일정이 잡힐 때마다 그때그때 다이어리에 적어 놓는다. 먼슬리monthly, 위클리weekly에 모두 적고, 매일 그날의 일정과 투두 리스트를 확인한다.

오전에 이 투두 리스트를 작성하기만 해도 마음이 한결 편해진다. 막연히 부담스럽게 느껴지던 일도 막상 다 적고 나면, 해야 할 일들이 한눈에 들어오면서 '생각보다 나쁘지 않은데? 할 수 있겠는데?'란 약간의 자신감이 생긴다. 일에 압도당하지 않는다. 어쩌면 그래서 다양한 일들을 큰 무리 없이 소화할 수 있는 건지도 모르겠다.

하루의 목표를 정하는 것 외에 내가 본격적으로 일하면서 지키는 루틴이 하나 더 있다. '집중해서 일하는 시간'과 '일의 내용'을 30분 단위로 적는 것이다.

보통 '딴짓'을 피하고 강제로라도 집중하기 위해 '포모도로'라는 시간 관리 앱이나 스마트 워치 타이머로 30분을 지정해 놓고, 시간을 끊어서 일한다. 이렇게 일하는 방식은 내가 계발한 건 아니고, 나도 우연히 유튜브와 책을 통해 알게 되었는데, 다른 많은 번역가들도 포모도로 앱을 활용해 20~30분 단위로 끊어서 일하는 것으로 알고 있다.

나는 한번 집중하면 시간 가는 줄 모르고 30분이 넘도록 작업하다가 갑자기 지쳐버리기도 한다. 그럴 땐 어쩔 수 없지만, 최대한 하고 있는 업무와 집중하는 시간을 적고, 30분 일하고 3분 휴식하는 루틴을 지키려 노력한다.

일하는 시간과 하는 일을 적는 것은 굉장히 귀찮은 작업이지만, 그렇게 쭉 적어 놓으면 퇴근 후에 하루 몇 시간 정도 일했는지 확인할 수 있다. 그리고 하루에 '최소 네 시간은 집중해서 일하자'는 나만의 룰을 지키려 노력한다.

'아니, 하루에 네 시간밖에 일을 안 한다고?'라고 생각할지 모르겠다. 그런데 일반 직장인들과 달리, 혼자 아무 말 없이 오로지 일에만 집중하는 프리랜서에게는 이 세 시간도 굉장히 길고 지친다. 믿기지 않는다면, 한 번 직접 적어보라. 순수하게 일만 하는 시간이 얼마나 되는지. 물론, 나도 마감이 있는 날에는 집중하는 시간이 네 시간을 훌쩍 뛰어넘기도 하고, 업무가 비교적 적은 날에는 네 시간이 채 안 되기도 한다.

보통 내가 카페에서 집중해 작업할 수 있는 시간은 최대 세 시간 정도다. 그날의 집중력과 컨디션에 따라 다르지만, 웬만해서는 최소 두 시간 반에서 세 시간 룰을 지키려 한다. 달랑 커피 한 잔 시켜 놓고 앉아있기 슬슬 눈치 보이는 시간이기도 하고 (이용 시간에 제한을 두는 일부 카페에서 사용하는 표현이기도 하다. "최대 세 시간까지 이용할 수 있습니다.") 집중력에 한계가 느껴지는 시간이기도 하다. 그 시간을 채우기 전까지는 아무리 엉덩이가 들썩여도 조금만 더 버텨보자, 스스로를 어르고 달랜다.

사실 한자리에 앉아있는 것 자체가 좀이 쑤셔 쉽지 않다. 건강한 허리(?)를 위해 작업 중간중간에 한 번씩 잠시 일어나 물을 떠 오든, 화장실을 가든, 의식적으로 몸을 움직여 준다.

그리고 정한 시간을 다 채우고 나면, 점심을 먹고, 집이나 도서관으로 가서 남은 시간을 채울 때까지 더 일한다.

적고 보니 정말 별것 없는 것 같은데, 내가 반드시 지키는 것은 딱 두 가지.

일일 투두 리스트와 마감이다.

꼼꼼함과 강박증 사이에서

텍스트와 씨름하기

번역가의 제1순위 자질을 묻는다면, 나는 서슴없이 '꼼꼼함'을 꼽을 것이다. 통번역 대학원 재학 시절, 한 교수님은 "번역가는 강박적일 정도로 꼼꼼해야 한다"라고도 표현했다.

아래 두 문구의 차이는 뭘까?

All I Want For Christmas Is You

All I Want for Christmas Is You

숨은그림찾기와 흡사해 보일지 모르겠다.

정답은, 등위 접속사 'for'의 대소문자 처리다. 위 내용은 머라이어 캐리의 크리스마스 캐럴 제목이므로 대문자로 처리되어 있다. 그런데 일반적으로 관사(a, an, the), 등위 접속사(and, but, for, nor, or 등), 전치사(about, for, in, on, with 등)는 소문자로 쓴다[1].

따라서, 첫 번째가 크게 문제 되는 건 아니지만, 엄밀히 말해 두 번째처럼 'for'를 소문자로 표기하는 것이 원칙적으로 맞다.

번역가는 단순히 내용을 넘어 대소문자나 문장부호와 같은 '표기법' 또한 정확히 옮겨야 한다. 문장 부호를 처리하는 방식은 언어마다 다르므로.

특정 내용을 강조할 때, 한국어에서는 '작은따옴표'(' ')를 사용하는 반면, 영어에서는 '큰따옴표'(" ")를 사용한다. 따라서 한영 번역 시, 한국어 텍스트상의 작은따옴표는 전부 큰따옴표로 옮겨야 한다. (단, 영국식 영어에서는 작은따옴표를 쓴다. 따라서 영국판에서는 작은따옴표를 쉽게 볼 수 있다.)

한국어 텍스트에서는 '줄임표'를 쓸 때 여섯 점(……)을 찍지만(최근에는 세 점을 찍는 것도 허용된다), 영어에서는 세 점(…)만 찍는다. 그러니 영어로 옮길 때는 이 점 개수 지우는 것도 잊지 않고 챙겨야 한다.

한국어에서는 내용을 덧붙이거나 보충하는 '괄호'를 띄어쓰기 없이 앞 글자에 붙여서 사용하지만, 영어에서는 괄호 앞뒤로 한 칸씩 띄운다. 번역할 때 반드시 괄호

---

1 『열린책들 편집 매뉴얼』, 열린책들, 2023, 282쪽.

사이 띄어쓰기가 제대로 되었는지 확인한다.

또한, 영어로 번역할 때, 책 제목, 영화 제목, 아티스트의 앨범명은 기울임 꼴인 이탤릭체(*이렇게!*)로 수정하고, 노래 제목은 큰따옴표로 표기한다. 제목은 대문자처리가 제대로 됐는지 확인한다. 때로는 띄어쓰기가 두 번 적용된 건 아닌지, 따옴표 부호는 앞뒤 모양이 뒤집어지지 않았는지 (' ' 이렇게 되지 않게!) , 모두 확인하고 수정한다.

이처럼 글자 뒤에 빈칸이 있는지 없는지까지 체크해야 하는 '번역' 이란 아주 섬세한 작업이다.

겉으로 보이는 것이 참 중요한 시대. 번역 또한 겉으로 보이는 '형식' 이 '내용' 만큼이나 중요하다. 이런 기본적인 구두점이나 표기법을 따르지 않고 번역한다면 클라이언트로부터 신뢰를 잃을 수 있다. 여러 번 다시 보고 확인하고 수정하고 바로잡아야 하니, 강박증이 없으려야 없을 수 없는 작업이다.

하나 고백하자면, 내게는 이메일을 보낸 직후 다시 쓱 훑어보는 몹쓸 습관이 있다. (가끔 메일 '수신확인' 을 확인하기도 한다. 하핫, 좀 변태 같은가······.) 프리랜서 초기엔 클라이언트에게 이메일을 보낸 후, '보낸 메일함' 에 들어가 다시 한번 읽으며 혹시라도 내용에 오탈자가 하나라도 발견되면 곧바로 다시 답장을 보내 자백하고 바로잡곤 했다. 파일을 보낸 후, 부끄러움을 무릅쓰고 "죄송

합니다. 이 파일로 봐주세요" 하면서 몇 번이고 최종본을 번복했다.

그런데 프리랜서로 일한 지 N년차가 된 지금은 최대한 '최종본 정정'과 이메일 재전송을 자제하려 한다. 이제는 '대세에 지장이 있는 게 아닌 한,' 웬만하면 넘어가려 노력한다. 남들은 크게 신경 쓰지 않을 부분을 굳이 콕 집어 드러내면 번역가의 이미지만 안 좋아질 뿐임을 어느 순간 자각했기 때문이다.

프로페셔널한 이미지를 위해, 대세에 지장이 없다면 넘어가자. 단, 나만은 제대로 알고 '다음엔 그러지 말아야지' 하고 머릿속에 새겨두자.

실수 한번 했으면 어때! 다음에 같은 실수 안 하면 돼지, 뭐.

지금 완벽하기보다 앞으로 점점 더 발전하는 번역가가 되는 것이 나의 목표다.

평일 맛집 도장 깨기

이 맛에 프리랜서 하지!

지금껏 치열한 프리랜서 일상을 공개했는데, 다시 읽어 보니 좀 짠하네……. 그럴 거면 취업하지, 왜 굳이 계속 프리랜서 하냐고? 회사에서는 가끔 '월급 루팡'도 하고 복지 혜택도 실컷 누릴 수 있는데, 왜 굳이 회사 밖에서 이렇게 사서 고생을 하며 궁상을 떠는지, 의아할지도 모르겠다.

　내가 프리랜서를 고집하는 가장 큰 이유는, '쏟아붓고 쉬는' 일상이 가능하기 때문이라 해도 과언이 아니다. 나는 일도 일이지만, 무엇보다 프리랜서의 '라이프스타일'을 좋아한다. 치열하게 일하다가도, 프로젝트가 끝나면 유유자적하게 하루하루를 흘려보낼 수 있는 그런 자유. 내가 정한 루틴에 맞춰, 일어나고 싶은 시간에 일어나고, 먹고 싶은 것을 먹고, 보고 싶은 것을 본다.

물론, 날마다 이렇게 지낼 수는 없다. 대개 큰 마감을 마치고 나서, 이런 헐렁하고 루스한^{loose} 생활을 즐긴다. 그래서인지 더 달콤하게 느껴진다.

특히, 소설 샘플 번역이나 영화 자막 번역처럼 하나의 작품 작업을 마치고 나면, 몸도 마음도 너덜너덜…… 스스로가 소진된 기분이다.

노인 생활에 관한 에세이를 번역하고 나서는 주인공에게 너무 몰입한 나머지 내가 다 늙은 기분이었달까. 이럴 땐 휴식과 재충전이 필요하다. 제대로 쉬지 못하면, 번아웃을 겪거나 정작 중요한 번역 의뢰가 들어왔을 때 기력이 달려 실력 발휘를 제대로 못 할 수도 있다.

아마 초보 프리랜서와 중견(에서 베테랑) 프리랜서의 차이가 바로 여기서 드러나는 게 아닐까 싶다. 초보 때는 들어오는 일을 모조리 쳐내는 데 급급해 하루하루가 바쁘고 숨찼다면, 프리랜서로 어느 정도 자리를 잡은(정말?) 지금은 쉴 때는 쉬고, 일할 때는 하얗게 불태워 '빡세게' 일하는 법을 안다. 일이 없다고, 시간이 남아돈다고 해서 불안에 떨지 않는다. 오히려 그 시간을 유유자적하게, 오롯이 즐기려 노력한다.

그렇다면 일이 없고 한가한 날엔 뭘 할까?

대단한 일탈을 꿈꾸지 못하는 나는, 다른 멋진 디지털 노마드$^{digital\ nomad}$들처럼 해외로 훌쩍 떠난다든지, '제주에서 한 달 살기'와 같은 거창한 시도는 하지 않는다. 기껏해야 서울 시내 맛집 탐방, 문화생활 즐기기 정도인데, 내게는 최고의 휴식이다.

얼마 전, 평일 낮에 '런던 베이글 뮤지엄'에서 맛난 잠봉뵈르 베이글 샌드위치를 점심으로 먹고 왔다(진짜 런던은 아니고! 크크). 주말엔 몇 시간을 줄 서야 겨우 입장할 수 있다는 '핫플'을, 혼자 가서 마음껏 먹고 인증샷도 찍어왔다(앗싸!). 근처에 있는 '인스타 갬성' 카페도 다녀왔다. '인싸'는 아니지만, 인싸들은 꼭 간다는 핫플들을 찾아가며, SNS에서 보고 하나둘씩 저장해 놓은 맛집 도장 깨는 재미가 쏠쏠하다.

지난달엔 프리랜서 친구와 함께《앙리 마티스 특별전》을 다녀왔다. 주말엔 관람객들로 붐벼서 작품을 제대로 관람하기는커녕, 사진 한 장을 찍으려 해도 뒷배경에 낯선 이들이 한두 명씩 참조 출연하기 마련일 텐데. 평일이라 그런지 전시장에서 관람객이 많지 않아서 쾌적하게 관람할 수 있었고, 마음에 드는 작품들 옆에서 독사진도 몇 장 건졌다.

한때 예약하기 그렇게 힘들던 현대미술관의《이건희컬렉션 특별전》도 평일 오전 시간에는 예약하기가 비교적 쉬웠다. 여유롭게 이중섭 화가의 작품들을 보고 오디오 해설도 듣고 왔다.

종종 평일 오전에 조조영화도 본다. '금주의 영화 추천' 같은 콘텐츠를 번역하다가, 되려 내가 영업 당해 곧바로 다음 날 오전, 영화관으로 직행했다. 노는 게 아니라 번역을 위한 배경지식을 공부하는 거라고 합리화하며.

때론 '한가할 때 지식이나 기술이라도 쌓자!'라는 마음으로 새로운 취미를 만들거나 무언가를 배우기도 한다. 얼마 전에 카카오톡 이모티콘 만들기 원데이 클래스를 들었는데, 그 이후로 틈만 나면 아이패드를 붙들고 나만의 캐릭터를 구상한다. 나름 급조해서 카카오톡에 이모티콘 제안하기도 한번 해봤다. 결국 최종 승인을 받지는 못했지만.

하지만 그때 끄적이던 습관 덕분에 이 책에 일러스트도 직접 그릴 수 있었다. 이 글도 이런 여유로운 시간이 없었다면 불가능했을 것이다.

그래, 이 맛에 '프리'하지!

느슨하게 풀었다가 빡세게 조였다를 반복하는 프리랜서 일상은 꽤 추천할 만하다.
한 번 맛보면 결코 빠져나갈 수 없다!

아주 사적인 유튜브 알고리즘

일상이 다채로운 문화 콘텐츠 번역

K팝 콘텐츠를 번역하면서 내게 몇 가지 변화가 생겼다. 우선, 일상에 '음악'이 더해졌다는 것. 그리고 우리의 K 팝, 걸그룹, 보이그룹, 일명 '아이돌'에 대한 애정이 생겼다는 것(호호).

나는 원래 K팝에 대해 그리 잘 알지는 못했다. 언젠가 넷플릭스 드라마 「셀러브리티」에 카메오로 출연한 걸그룹 '(여자)아이들'의 '우기'가 중국어로 말하는 걸 보고 친언니에게 "와, 우기 중국어 진짜 잘하더라~ 연기 대박!"이라고 했다가 "너 어디 가서 K팝 안다고 하지 마⋯⋯"란 말을 들었다.

알고 보니 우기는 원래 중국인이라고⋯⋯. 아, 그럼,

한국어를 정말 잘하는 거구나? 대박! 그렇게 또 K팝 아이돌에 대해 하나 배웠네.

나의 유튜브 플레이리스트와 동영상 알고리즘은 K팝 번역을 하기 이전과 이후로 나눌 수 있다. K팝 번역을 하기 전에는 주로 팝송을 많이 들었고, 가끔 '지브리 스튜디오' 애니메이션 OST나 잔잔한 클래식을 들었다. 그런데 K팝 콘텐츠 번역을 하면서 내 음악과 동영상 취향이 완전히 바뀌어버렸다. 나도 모르게 K팝에 스며들었달까(하하)!

우선, 일 때문에 보는 걸그룹이나 뮤지션의 뮤직비디오가 있다. 나의 업무 중 하나인 K콘텐츠를 소개하는 번역을 하다 보면 영화나 음악을 비롯해 각종 유튜브를 강제로 시청하게 된다. 요즘은 공식 유튜브 외에 '자컨[1]'도 있어 그 종류는 정말이지 다양하다.

주어진 텍스트를 문자 그대로 옮길 수도 있지만, 관련 콘텐츠를 보고 나서 한 번역과 한 번도 보지 않고 한 번역은 퀄리티가 다를 수밖에 없다. 그래서 나는 시간 여유가 있으면, 웬만하면 관련 콘텐츠를 시청하거나 관련 기사나 짧은 클립이라도 한 번쯤 보고 나서 번역에 본격적으로 임한다.

가끔 신곡이나 요즘 인기곡을 소개할 때면 곡의 느낌이나 내용을 확인하기 위해 (공식 영어 가사를 봐야 하므로) 관련 뮤직비디오를 시청하게 된다.

1 '자체 제작 컨텐츠'의 줄임말로, K팝 기획사가 직접 만든 영상 콘텐츠를 말한다. 주로 아이돌의 일상을 담은 리얼리티 예능이 이에 해당한다.

그렇게 나의 유튜브 알고리즘에는 온갖 콘텐츠가 난무한다. 때로는 일 때문에 알게 된 콘텐츠들 때문에 자동으로 뜨는 추천 콘텐츠마저 즐긴다. (가끔은 내 관심사와는 전혀 상관없는 콘텐츠를 번역하다가 그와 비슷한 콘텐츠를 계속 추천받기도 하지만.)

요즘 MZ 세대는 소개팅이나 첫 만남에서 본인의 SNS 추천 콘텐츠를 물어보고 공유한다고도 들었다. SNS 추천 콘텐츠가 시청자의 알고리즘을 기반으로 한 것인 만큼 상대방의 취향이나 성향을 파악할 수 있다고. 그런데 내 알고리즘은 개인적인 관심사보다는 일과 관련된 경우가 많다. 그러니 내가 만일 소개팅을 하게 된다면, 내 SNS 추천 콘텐츠는 따로 공유하진 못하겠다. 알고리즘으로는 나를 파악할 수 없을 테니(헤헤).

나의 또 다른 업무로는 K팝 아이돌 그룹의 신곡 가사 번역이 있다. 예전에는 카페 주인이 선곡한 노래들이 백색소음과 같은 역할을 함과 동시에 내가 듣던 음악의 거의 전부였다. 그런데 최근에는 K팝 콘텐츠를 번역하면서 마주하게 된 노래들이 내 유튜브에 새로운 플레이리스트를 만들어주었다.

처음에는 번역 때문에 곡의 내용과 분위기를 파악하려고 듣다가 어느덧 '내 스타일이야! 너무 좋아!' 하며 하나둘씩 플레이리스트에 추가하게 되었다.

내 플레이리스트에는 노래뿐 아니라 뮤직비디오도

저장되어 있다. 일하다가 집중이 잘 안될 때, 걸그룹 뮤직비디오를 시청하며 기분 전환을 하기도 한다.

그나저나 요즘 아이돌 멤버들은 어쩜 그렇게 훌륭한 비주얼과 노래 실력, 춤 실력을 다 갖췄는지! 매번 감탄하며 본다.

아이돌 '빠순이'는 아니고요, K팝 콘텐츠를 번역합니다.

나는 누구?

매번 새로운 자기소개

"자기소개를 해보세요."

아마 대학 입시나 취업 면접에서 숱하게 들어본 질문일 것이다. 새로운 사람을 만나서도 우리는 끊임없이 자기소개를 하게 된다.

프리랜서로 일하기로 마음을 굳히며, 이제 학교도, 취업도 졸업했으니, 다시는 그놈의 지긋지긋한 자기소개서 쓸 일은 없을 줄 알았다. 그런데 웬걸~ 오히려 '프리생활'을 하다 보면 스스로를 소개할 일이 직장인 때보다 훨씬 많다.

프리랜서로 어느 정도 자리를 잡았다면 굳이 자기소개 할 일이 있을까 싶겠지만, 그렇다. 프로젝트를 소개받을 때마다 개인 이력서를 요청받는 건 물론이거니와,

새로운 사이드잡side job에 도전할 때마다 스스로를 그럴듯하게 잘 포장해야 한다. 새로운 일이나 사이드잡에 도전할 때마다 가장 고민되는 건 뭐니 뭐니 해도 자기소개다.

요즘은 자기 PR의 시대이니만큼, 프리랜서에게 있어 자기소개는 정말 중요하다. 따라서 시간이 날 때마다 이력서도 그때그때 업데이트해 놓아야, 갑자기 나를 소개해 준다는 고마운 지인이 요청할 때 바로 보낼 수가 있다.

여기서 주의할 점은, 매번 자기소개를 '그때그때의 상황'과 '매체'에 맞게 새로 써야 한다는 것.

더군다나 한국 사회는 전문성을 참 중요시한다. 이것저것 두루두루 잘하는 '제너럴리스트'보다 하나를 중점적으로 빠삭하게 잘하는, 그 분야를 통달한 '스페셜리스트'를 선호하는 분위기는 예나 지금이나 여전한 것 같다.

"저는 통역도 하고 번역도 하는 통·번역사예요"라고 말해도, "그래도 그 둘 중 비중이 조금 높은 분야가 있지 않나요?"라는 질문을 받게 된다. "영어와 한국어 양방향으로 모두 옮기는 번역가예요"라고 말해도 "한영 전문이세요, 영한 전문이세요?"라는 질문을 받는다.

처음에는 '저는 이런 일도 하고 저런 일도 해서 균형 있게 다 잘합니다'라는 식으로 증거를 대며 일일이 대응했는데, 언제부턴가 구구절절 설명하는 일이 지쳤다. 결국, 클라이언트의 요구에 맞게 관련 경력을 더 강조하는 식으로 자기소개를 하게 되었다.

이런저런 일들을 다양하게 소화할 수 있는 '카멜레온 같은 적응력'을 자부하는 나지만, 들어오는 업무에 따라 조금씩 이력을 다르게 강조해 스스로를 소개한다. 마치 취업 자기소개서에 지원하는 직무에 따라 스스로를 조금씩 다르게 포장하는 것과 비슷한 이치랄까.

N개의 자아를 갖고 있는 번역가임에도 불구하고, 새로운 직무에 맞게 스스로를 포장하기란 여간 어려운 일이 아니다. 여기서 '포장'이라 함은, 하지 않은 걸 억지로 지어내는 게 아니라 특정 직무에 맞는 나의 경력이나 자질을 조금 더 강조하는 것을 말한다. 쉽게 말해, 내 이력 중 업무와 관련된 핵심적인 몇 가지를 형광펜으로 칠하는 것과 흡사하다.

본업인 번역가용 자기소개와 사이드잡용 자기소개는 단연코 다를 수밖에 없다. 이를테면, 몇 달 전, 영어 독서 모임을 요청받았을 때는 자기소개에 '책에 대한 애정'을 드러냈다. 단 몇 줄에 불과한 짧은 자기소개를 두고, 과연 내 이력을 얼마나, 어디까지, 어떻게 공개해야 할지 한참 고민했다. 게다가 독서 모임을 위한 자기소개에는 리더십이나 호감도를 드러내는 게 중요해, 몇 번을 지우고 다시 썼는지……. 저장 버튼을 눌렀는데 서버 에러가 나서 작성한 내용을 다 날려버리기도 했다.

지난달에는 하버드 대학교 한국학연구소가 펴내는

영문 문예지 『*AZALEA*』에 실을 용도로, 대학 및 대학원 졸업장, 수상 경력, 그리고 지금껏 번역한 작품들을 포함한 '짧고 굵은' 번역가 소개문을 작성했다.

　명심하자. 프리랜서는 '하는 일'만 그때그때 다른 게 아니라 '자기소개' 또한 그때그때 다르다는 걸.
　주어진 환경에 따라 끊임없이 적응해야 하는 건 프리랜서의 숙명이다.

내 유리할 대로

여가생활을 활용해 강제성 만들기

"대체 시간 관리를 어떻게 하길래

그렇게 많은 일을 하세요?"

"어쩜 그렇게 혼자 알아서 척척 해내?"

"실행력 참 좋다!"

이런 평가를 종종 받는다. 그런데 사실 혼자서 그렇게 능숙하게 일을 척척 해내는 건 아니다. 인간이란 원체 게으르고 강제성 없이는 무언가를 혼자 알아서 척척 잘 이루어내지 못한다. 나도 마찬가지다.

그나마 내가 잘하는 게 하나 있다면, 그건 나의 게으른 천성을 인정하고 '어쩔 수 없이 할 수밖에 없는 환경'을 만드는 것이다. 나도 강제력을 동원하지 않고서는 자발적으로 무언가를 하거나 자기 계발하기 힘들다. 조금이라도 시간이 주어지면 쉬고 싶고 게으름 부리고 싶다. 특히 프리랜서는 일과가 '프리'하기 때문에 '오늘 좀 쉬고 내일 몰아서 할까' 란 유혹이 수시로 찾아온다.

나는 이런 게으름을 물리치고 일을 진척해 내기 위해 일부러 강제성을 만든다. 같이 일을 함께해나갈 동료를 만들고 모은다. 모임에 참여하고 새로운 동료를 만난다. 내가 지금껏 참여한 각종 모임을 몇 가지 소개해 보면 다음과 같다.

1. 독서 모임

예전에는 "취미가 뭐예요?"라는 질문에 "독서요"라고 자신있게 대답했다. 그런데 번역가가 되어 텍스트를 읽고 옮기는 게 일이 되고부터는 독서 자체가 영 진도가 안 나간다. 독서의 즐거움을 잃은 것 같아 조금 안타깝다. 하지만 그래도 어쩌나. 번역가는 모름지기 끊임없이 글을 읽고 써야 한다. 그래서 나는 많이 읽고 쓸 수밖에 없는 강제성을 만들었다.

한 달에 한 번씩 책을 읽고 독후감을 써야만 모임에 참석할 수 있는 유료 독서 모임에 가입했다.

그러다 자연스레 모임 리더가 되어 내가 다루고 싶은 책과 주제로 멤버들과 이야기를 나눈다. 나 혼자서는 절대 생각해 보지 못할 여러 이야기를 함께 나눌 수 있어 개인적으로 매우 만족한다.

2. 독립출판 모임

독립출판으로 제작한 이 에세이만 해도 나는 혼자서는 절대! 네버에버! 자발적으로 글을 쓰지 않을 것을 잘 알고 '독립출판'을 주제로 한 유료 소셜 모임에 참여했다. 여기서 한가지 짚고 넘어갈 점 하나. 나는 자기 계발에 드는 비용은 전혀 아까워하지 않는다.

모임에 참여하면 모임 리더가 이끄는 대로, 독촉하는 독촉당하며 일정에 맞게 그저 따라가기만 하면 된다.

꼭 모임이 아니더라도 강제성을 만들어주는 여러 가지 방법들을 활용할 수 있다.

한 지인은 앱으로 돈을 걸고 챌린지challenge에 참여하던데, 원하는 목표를 성공적으로 달성하면 소정의 상금을 받는 식이라고 한다. 난 아직 해보지 못했지만, 이 또한 괜찮은 방법 같다.

어떤 이는 SNS에 원하는 목표를 공표하기도 한다. 팔로워들이 보고 있으니 부끄러워서라도 목표를 향해 노력하게 된다고.

지금 와서 고백하자면, 사실 이 에세이 또한 완성되지 않은 상태에서 텀블벅 모금을 먼저 진행했다. 기획과 글의 70퍼센트 정도만 완성된 상태에서 좀 더 속도를 내기 위해 텀블벅으로 펀딩과 홍보를 미리 했다. 내 책을 기다리는 후원자님들을 위해, 실행할 수밖에 없는 환경을 만든 것. 그래서 펀딩 목표액의 100퍼센트를 달성했을 때, 발등에 불 떨어진 듯 미친 듯이 글을 써내려갔다.

디지털 툴을 다루는 것도 서툴렀는데, 책에 들어갈 일러스트를 하루에 하나씩 그렸다. 온라인 강의 '클래스 101'로 책 편집 프로그램인 '인디자인' 사용법도 속성으로 배웠다. 이제는 내 코워킹 동료가 된 지인 편집 디자이너를 붙잡고 텀블벅이나 인디자인, 샘플 제작 등 궁금한 것은 닥치는대로 물었다.

만일 이루고 싶은 목표가 있다면, 관련 모임에 참석하거나 직접 모임을 꾸려보고, 당당하게 SNS에 선언해 보자. '반드시 할 수밖에 없는 환경'을 만들면 하지 않고는 못 배길 것이다.

그러니 일단 '지르자.' 혹여나 끝내 이루지 못하더라도, 선언하기 전보다는 몇 걸음 더 나아가 있을 테니.
완성된 이 에세이가 이를 증명한다.
(그나저나 이 책, 잘 만들어졌나요?)

찾아가는 번역가

MBTI는 'I' 입니다만

번역은 굉장히 정적인 분야이다. 글 쓰는 이들이 으레 그렇듯, 번역가들 또한 내향형인 경우가 많다. 혼자서 찬찬히 글을 매만져야 하는 직업이다 보니, 번역가들 중에는 두문불출하는 사람이 많다.

나 또한 겉으로는 카멜레온을 자칭하며 사람들 앞에선 가면을 참 잘 쓰지만, 타고난 'I', 극 내향형이다. 단지 사회에서의 이런저런 경험을 통해 조금 더 사회화된 'I'일 뿐. 덕분에 겉으론 가면을 잘 쓰는 편이지만, 다른 사람 눈치 보지 않고 혼자 있는 게 세상 편한 집순이다. 사람들을 많이 만난 날엔 반드시 혼자만의 시간을 통해 에너지를 충전해야 한다. (다행히 이런 시간은 번역을 하면서 충분히 가질 수 있다. 번역가가 천직인 건가!)

그럼에도 나는 '정적인 번역가'만을 지향하지는 않는다. 물론, 작업할 때는 혼자 진득하게 컴퓨터 앞에 앉아 집중해야 하지만, 번역에 도움 될만한 일들은 놓치지 않고 참여하는 편이다. 작품을 번역하다가 원문에 관해 궁금한 점이 생기면, 창작자의 의도를 파악하기 위해 작가에게 먼저 연락을 취하거나 직접 찾아가기도 한다. (음, 그렇다고 막 스토커처럼 불쑥 찾아가는 건 아니고…….) 작가와의 만남이나 신작 북토크가 열리면 웬만하면 참석한다. 행사장이 아무리 집에서 멀리 떨어진 곳이라 해도 굴하지 않는다. 원작자의 이야기를 직접 들을 수 있는 절호의 기회를 놓칠 순 없으니!

몇 년 전,《코리아타임스》현대 문학 번역상 공모에 지원할 번역 원고를 작업하던 중이었다. 작품 제목을 번역하려는데, 도무지 좋은 아이디어가 떠오르지 않았다. 대학원 때부터 번역을 시작해서 졸업 후, 주변인들의 피드백까지 받고 오랜 기간에 걸쳐 수차례 퇴고를 거듭했다.

내가 번역한 작품은 김세희 작가의 단편 소설 「가만한 나날」이었다. 본문 번역을 마치고 나서도 여전히 제목이 뭘 뜻하는지, 어떤 의도로 지어졌는지 알 수 없어서 한참을 고민했다.

'가만한 나날'. 흐음, 무슨 뜻이지…… 가만히 있는 나날? 정적인 날들? 그럼, 영어로는 풀어서 옮기는 게 나으려나…… 'Days of being ~'이런 식으로? 아니면 작품 속에 자주 등장하는 '채털리 부인'을 활용해서 완전히 새로운 제목을 지어볼까? 이를테면 'My Days with Lady Chatterley'?

이렇게 저렇게 머리를 참 많이도 굴렸다.

마침 김세희 작가님 북토크가 열린다는 소식을 접했고, 곧바로 신청해 행사에 참석했다. 집에서 한 시간 반도 넘게 떨어진 먼 길을 찾아갔다. 그리고 행사가 끝난 후, 작가와 책을 편집한 담당 편집자에게 직접 제목의 의도와 의미를 물었다.

"가만한 나날이란, 가만히 수동적으로 보내는 하루하루를 뜻하는 건가요?"

그런 뜻도 있지만, 한 개인이 아무리 몸부림쳐도 사회 전체는 가만히 있다는 이중적인 의미를 지닌다고 했다.

그 말을 듣고 나니, 한 번에 명쾌하게 이해되는, 콕 집어 설명할 수 있는 느낌의 제목이어서는 안 되겠다는 생각이 들었다. 그래서 영어로도 알쏭달쏭, 모호하게 옮기기로 했다.

그리하여 내가 번역한 영어 제목은 'Still Days'. 이 또한 일상적으로는 잘 사용하지 않는 다소 모호한 표현이라 생각했다. 그리고 훗날 그 번역 원고로 《코리아타임스》 현대문학 번역상 우수상을 받을 수 있었다(데헷).

이처럼, 의도를 모르고서는 도저히 번역할 수 없는 것들이 있다.

한국문학번역원의 완역 지원 사업으로 선정되어 내가 번역을 맡은 이혁진 작가의 『사랑의 이해』의 경우, 초고를 작성한 후, 궁금한 점들을 모아 작가님에게 이메일로 문의했다. 사소한 내 질문들이 귀찮았을 법도 한데, 작가님은 반갑게 받아주고 친절히 답변해 주었다(작가님, 감사합니다!).

　얼마 전에는 작가님 신작 『광인』의 영어 소개문 작성을 의뢰받아 작품에 대해 이런저런 고민을 하고 있었는데, 마침 북토크 행사가 열려서 '이때다!' 하고 부리나케 신청해 참석했다. 신작의 경우, 출판사의 보도자료를 제외하면 유튜브나 온라인상에 정보가 거의 없다. 북토크에 참석해 책 이야기를 작가한테서 직접 들으니, 책의 어떤 부분을 강조하고 어떤 키워드들을 내세워야 할지 어느 정도 갈피가 잡혔다. 혼자 독서하면서 책에서 받은 인상과는 다른 점들을 발견하는 재미도 있었다. 그리고 함께 참석한 독자들의 반응도 볼 수 있어서 좋았다.

　겉으론 홀로 모든 걸 떠맡고 정적으로 일하는 것처럼 보여도, 알고 보면 작가, 편집자, 홍보 및 수출 담당자 등 수많은 사람에게 먼저 다가가 물어보고 논의한다.

　앞으로도 나는 혼자서만 끙끙대지 않고, '찾아가는 번역가'로 활약할 예정이다.

'내돈내산'

노동의 강력한 동기

"소비하지 않고 행복할 방법은 없는 걸까요?"

얼마 전, 독서 모임에서 에리히 프롬의 『우리는 여전히 삶을 사랑하는가』[1]를 두고 이야기 나누다가 소비를 부정하는 저자의 입장에 대해 논의하게 되었다. 모임에 참여한 멤버 대부분이 소비를 부추기는 우리 사회와 SNS 문화를 비판했고, 모임장은 마지막으로 위와 같은 질문을 던졌다.

곰곰이 생각해 봤다. 그러게…… 좋아하는 음식을 먹어도, 경치 좋은 곳에 놀러 가도, 심지어 넷플릭스를 보거나 책을 읽어도, 결국 다 돈이 드네.

그런데 나는 소비가 무조건 나쁘다고만 생각하지는

---

1   에리히 프롬, 『우리는 여전히 삶을 사랑하는가』, 장혜경 옮김, 김영사, 2022.

않는다. 오히려 내게는 소비가 노동을 위한 강력한 동기가 되곤 한다.

솔직히 말해, 나는 미니멀리즘과는 먼 삶을 살고 있다. 굳이 따지자면 맥시멀리스트 쪽에 더 가깝다. 소소한 물건 사는 걸 좋아하고, 유행하는 아이템은 꼭 하나씩 장만해야 직성이 풀리는 '욕망의 화신'이다. 다행히 엄마는 이런 내게 잘 사는 것도 능력이다, 사고 싶은 게 있는 건 행복한 거라며 나의 소비 습관을 바로 잡아주기는커녕 오히려 부추긴다(헤헤, 마미 알라뷰~).

돌이켜보면 소소한 쇼핑은 언제나 내게 열심히 일하는 원동력이 되어주었다. 고등학교를 졸업하고 대학에 갓 입학했을 때, 중고등학교 친구들과는 달리 세련된 옷차림과 액세서리로 꾸민 동기들의 모습을 보고 감탄했다. 입시 자체가 영어 면접과 영어 논술로 선발되고 모든 수업이 영어로 진행되는 '국제학부'라서 그런지 유학파 친구들이 대부분이었고, 부모님 직업도 대학교수, 외교관, 기업 임원 등 화려했다.

명품 가방을 드는 친구들, 세련되고 멋진 패션 감각을 지닌 친구들을 보며 '역시 대학이란 곳은 다르구나~' 생각했다. 명품까지는 아니더라도 그 해 유행하는 스타일의 옷이나 가방을 사고 싶었다. 하지만 비싼 학비를 대주시는 것도 모자라 차마 부모님께 쇼핑할 용돈을 더 달라고 할 수는 없었다.

그때부터 내 힘으로, 내가 갖고 싶은 것을 사기 위해

용돈벌이를 시작했다. 그리고 돈에 대한 자립심을 기르게 되었다. 그나마 내세울 수 있는 건 영어 실력이어서 (고등학교 때 만점 받은 TOEIC 성적이 나의 유일한 자랑거리였다), 영어 과외, 영어 동화책 스토리 강사, 영어 캠프 헤드 티쳐head teacher, 영어 웹진 기자 등 영어와 관련된 일이라면 뭐든 가리지 않았다. 선배들을 통해 알음알음 소개받은 번역과 통역 아르바이트도 종종 했다. 또래 대학생들이 주로 하는 카페나 화장품 숍 아르바이트에 비하면 수입도 꽤 짭짤했다. 크게 무리해서 애쓰지 않고 돈 버는 일이 재미있었다.

그렇게 영어와 관련된 다양한 아르바이트를 했더니 어느덧 내게는 '스펙'이라는, 취업도 하기 전에 이런저런 커리어 경력이 쌓여 있었다. 이따금 함께 일하는 분들로부터 인정도 받았다. 기업 출강 영어 강사로 일할 때는 강사들을 대상으로 강사 평가를 진행했는데, 그 당시 내가 최초로 외국인 강사들을 제치고 강사 평가에서 1등을 차지해 스태프들 사이에서 유명했다(고 전해 들었다).

내 손으로 돈을 번다는 성취감, 자신감과 함께 삶의 경험치 또한 높아졌다. '돈을 올려 주겠다'고 구두로 약속한 고용인이 갑자기 말을 바꾸고 제대로 지급하지 않아 억울했던 경험도 있었다. 그때의 경험을 기반으로, 요즘은 새로운 클라이언트를 만나거나 새로운 업무를 맡게 되면 반드시 계약서부터 작성하고 상대방의 서명을 받은 후에 작업에 착수한다.

그때나 지금이나 나는 여전히 소소한 쇼핑을 좋아하고, 때로는 감성에 이끌려 충동구매를 하고 나서 자책하는 악순환을 반복하기도 한다. 많이 못 번 달에는 최대한 소비를 절제하고, 많이 번 달에는 '일하느라 고생했는데 이 정도 쓸 자격은 있다'며 스스로에게 통 크게 쏜다.

그나마 다행인 건, 고가의 제품이나 명품에는 크게 관심이 없다는 것. 그저 내 취향에 맞기만 하면 가격과 상관없이 구매한다. 요즘엔 실버 액세서리에 빠져 좋아하는 브랜드에서 세일만 하면 '이때다!' 싶어 제품들을 싹 쓸어오곤 한다. 그렇게 돈을 쓰고 나면 소비했다는 죄책감으로 다시 또 힘내서 열심히 일하게 된다.

소비에 있어 예전과 달라진 게 하나 있다면, '물질 소비'보다 '경험 소비'를 우선시한다는 점이다. 물건보다 경험에 돈 쓰는 게 더 행복하다는 어느 유튜브 영상을 보고 나서부터다. '물질 소비는 좀 줄이더라도 경험 소비엔 돈을 아끼지 말자'고 다짐하고 나니, 자연스레 물질에 쓰는 돈이 조금 줄어든 것도 같기도⋯⋯. (이러다 언제 다시 물욕이 올라올지 모르지만!)

경험 소비의 한 예로는 온라인 클래스 수강이 있다. 연간구독 서비스로 매달 나가는 카드값이 아까워 열심히 듣게 된 '클래스 101'의 독립출판 강좌들 덕분에 이 책의 제작도 한결 수월해졌다.

나는 앞으로도 (되도록이면 경험)소비를 아끼지 않고 많은 것을 누리고 경험해 볼 생각이다.

그리고 그것을 노동의 동기 삼아 열심히 노동하리!

나를 잊지 말아요

연말 리추얼

요즘 어느 카페를 가든 크리스마스 캐럴이 흘러나온다. '앗, 벌써 연말이구나.' 그제야 한 해의 마무리를 앞두고 있음을 실감한다. 이맘때쯤이면 늘 해보는 생각이 몇 가지 있다.

올해는 어떤 클라이언트와 함께했나, 연봉은 얼마로 마감될까, 작년보다 얼마 정도 올랐나(과연 오르긴 올랐나……).

그리고 연말이면 어김없이 행하는 나만의 리추얼ritual이 있다. 바로 우리 고객님들께 감사 인사 전하기! 업무 외 사적인 대화는 거의 하지 않는 편이라, 이렇게 연말에라도 살갑게 인사드리려 노력한다.

가장 먼저 구글에 'Christmas' 또는 'Happy New Year'를 입력해 이미지 검색을 한다. 마침 연말이면 연중 일이 가장 뜸한 시기이기도 해서, 인터넷 검색과 인사말 고민으로 시간을 마구 흘려보낸다.

한 해 동안 오갔던 이메일들을 보고 고객 명단과 주소를 쭉~ 뽑아 단체 메일 보낼 준비를 한다. 대개는 해마다 늘 포함되는 나의 주 고객과 담당자들이 있는데, 작년까지만 해도 함께 일했는데 어찌 된 일인지 올해는 명단에서 빠진 고객을 발견할 때면 그렇게 씁쓸할 수가 없다…….

혹시 내가 업무적으로 실수한 건 없는지, 아웃풋을 제대로 내지 못한 건 아닌지, 내 태도가 불성실하진 않았는지, 초심을 잃은 건 아닌지, 자기 검열을 해본다. 그리고 올 한 해 동안 일정이 몰리는 바람에 부득이하게 거절해야 했던 일들도 떠올려 본다. 내 견적은 적절했는지, 커뮤니케이션할 때 말투는 공손했는지, 하나하나 머릿속으로 되짚는다.

나는 업무가 잡히면 곧바로 핸드폰에 일정을 디지털로 기록하지만, 동시에 아날로그 다이어리에 직접 수기로도 작성해 놓는다. 확실히 실물 다이어리만의 편리함이 있기 때문이다 핸드폰에 기록한 내용은 새로운 기기로 교체하거나 인터넷에 문제가 발생하면 볼 수 없지만, 다이어리는 언제든 뒤적이며 어떤 해에 어떤 일을 했는지, 옛 추억을 회상하거나 커리어를 정리하기에 매우 유용하다. (그런 이유로 매년 연말이면 그다음 해의 아날로그 다이어리를 장만한다.)

감사 인사용 '클라이언트 리스트'를 만들면서, 올해의 다이어리를 펼쳐놓고, 월별로 쭈욱~ 살펴본다. 올해는 이런 신규 고객이 있었네, 덕분에 이런 일도 처음 해봤네. 이제 좀 적응했나 싶었는데, 회사 방침이 바뀌다니, 아쉽네……. 올해는 유독 K팝 콘텐츠를 많이 번역했네. B기자님과 함께 호흡을 맞춰 통역한 게 올해로 벌써 3년째네. 다이어리에 글씨가 지워진 흔적을 보아하니, 마감을 한번 연장했었나 보네. 취미로 매일 그림 그리기 챌린지도 하고 부지런했네. 대학원 동문들로 이루어진 번역가 모임에서 발제도 맡고, 몇 달씩 참 열심히 참여했네. 문학 작품 샘플 번역도 두 달 연속으로 진행했고. 웹툰 번역 강의도 했네. 그런데 정작 웹툰 번역은 안 했잖아……. 온라인 매체와 N잡 관련 서면 인터뷰도 했었더랬지. 와우, 올해 A작가님과는 무려 네 번이나 함께 일했다! 안타깝지만 앞으로 이 브랜드와는 거래를 못하게 되었네……, 기타 등등.

한 해를 정리하는 일은 프리랜서에게 있어 필수라고 생각한다. 그 누구도 내가 한 일에 대해 잘했다, 못했다, 따로 평가해 주지 않기 때문이다.

물론, 일이 많아 정신이 없을 땐, 이렇게 정리하는 것보다 일에 집중하는 게 우선이다. 하지만 시간을 따로 내서라도 꼭 한번 정리해 보는 것을 추천한다.

그나저나, 아직 무려 한 달 반이나 남은 2023년 막바지. 끝날 때까지 끝난 게 아니다! 여기서 멈추지 말고, 올해의 연봉을 조금이라도 더 올릴 수 있도록, 긴장을 늦추지 말고 마지막까지 분발해 봅시다!

Epilogue

'영원한 건 없다.'

변화무쌍한 문화예술 콘텐츠 시장에서 프리랜서 번역가로 N년간 일하며 깨달은 바가 있다면, 그건 '영원한 건 없다'는 진리다.

연차가 쌓이고 이제는 프리랜서로 어느 정도 자리를 잡은 것도 같아 무리한 요청이나 촉박한 일정으로 들어오는 일을 거절했다가, 어느 날 문득 일이 뚝 끊어진 것 같은 불길한 느낌에 '내가 너무 거만했나……' 후회막심이다.

'잘 나갈수록 겸손해야 한다'는 말을 마음에 새기다가도, 아무리 궁해도 부당한 조건으로 무리하게 업무를 요구하는 업체는 끊어내는 게 맞다며 나만의 기준을 상기시킨다.

이제야 좀 편해지나 싶었는데, 그동안 직거래한 클라이언트가 갑자기 '운영 및 발주 방식이 바뀌어 앞으로는 개인 번역가와는 거래가 불가하다'며 에이전시 담당자 연락처를 건네준다. 그리고 당분간 업무는 '올스탑'. 계약이 정리될 때까지 내 일정에도 공백이 생긴다.

새로운 거래처에게 제법 능숙하게 대응한다고 생각했는데, 이메일로 몇 번 대화한 잠재 클라이언트가 계약 직전에 '아무래도 커뮤니케이션이 잘 안되는 것 같다'며 다른 번역가를 알아보겠다고 한다. (실은, 저도 하루 종일 깜깜무소식이다가 퇴근 후 늦은 시간에만 연락하는 고객님과의 커뮤니케이션이 쉽지 않았습니다…….)

연말에 안부 인사 겸 단체 이메일을 보냈다가 "받는 사람의 메일 주소가 존재하지 않거나, 오랫동안 사용하지 않아서 휴면 상태입니다"라는 발송 실패 안내 메일을 받고 거래처가 사라지거나 담당자가 퇴사했음을 짐작하며 쓸쓸함을 지울 수 없다.

겉으론 웃으며 "다음에 또 봬요"라는 인사를 했어도 하루아침에 소리 소문 없이 사라지는 클라이언트도 있다. 이유가 무엇이든 그 누구도 면전에 알려주지 않는다. 몇 년간 거래한 업체와 아무 문제 없었(다고 생각했)는데, 어느날 갑자기 거래가 뚝 끊기는 불상사가 발생한다. 번역가는 그저 무덤덤하게 체념할 뿐.

하지만 잃는 클라이언트가 있으면 뜻밖에 새로 얻는

클라이언트, 새로 얻는 기회도 있다.

몇 년간 함께 일하며 신뢰를 돈독히 쌓은 클라이언트의 소개 덕분에 내가 번역한 단편 소설이 조만간 해외 문예지에 실릴 예정이다.

한국문학번역원의 온라인 플랫폼 'KLWAVE'를 보고 연락해 샘플 번역을 의뢰한 신규 고객도 있다.

이제 더 이상 직거래가 아니라고 아쉬워했는데, 막상 소개받은 에이전시와 일해보니 의외로 편한 점도 많다.

최근 코로나로 인해 하루아침에 일자리를 잃은 사람을 주변에서 심심치 않게 볼 수 있다. 한 치 앞을 알 수 없는 현실은 비단 프리랜서에게만 해당하는 것이 아니다. 우리 인생이 원체 그렇다.

녹록지 않은 현실을 겁내기보다는, 하루하루 후회 없이 내가 할 수 있는 최선을 다해 내게 주어진 일들을 처리하고, 그에 따른 결과물과 내 포트폴리오를 차근차근 쌓아 올리는 것에서 의미를 찾는다. 그리고 오늘 하루도 할 일이 있다는 사실에 감사한다.

어쩌면 다른 모든 걸 떠나, 이런 소박한 마음 하나 덕분에 프리랜서 번역가로 행복하게 지낼 수 있는 게 아닌가 싶다.

당신의 하루 또한 소박한 행복들로 풍요롭기를 바라며.

2024년 봄

LOVE,

재스민 리

오 마이 갓김치 ! K 콘텐츠 번역가의 생존 가이드
ⓒ 재스민 리

초판 1 쇄 발행일 2024 년 02 월 22 일
초판 4 쇄 발행일 2024 년 04 월 23 일

지은이 재스민 리
기획 , 편집 , 디자인 재스민 리

발행처 인디펍
발행인 민승원
출판등록 2019 년 01 월 28 일 제 2019-8 호
전자우편 cs@indiepub.kr
대표전화 070-8848-8004
팩스 0303-3444-7982

정가 15,000 원
ISBN 979-11-6756542-6 (03810)